"创新报国70年"大型报告文学丛书

中国科学院 中国作家协会 中国科学技术协会 联合组织创作

大地无疆

杜怀超 著

浙江教育出版社·杭州

指导委员会、编辑委员会成员名单

总序

　　今年是中华人民共和国成立70周年。70年时间，在历史的长河中如白驹过隙，但在中华民族的历史上却是浓墨重彩。中国人民在中国共产党的领导下，从苦难深重的旧中国站起来，在一穷二白的条件下富起来，在百年未遇的变局中强起来，中国特色社会主义事业取得了一个又一个巨大成就。

　　成立于1949年11月1日的中国科学院，始终与祖国同行、与科学共进——70年来，在党中央、国务院的坚强领导下，几代科学院人不懈努力、顽强拼搏，始终以"创新科技、服务国家、造福人民"为己任，为我国经济发展、社会进步、国家安全等诸多方面做出了重大贡献，成为党、国家、人民可以依靠和信赖的国家战略科技力量。70年峥嵘岁月，中国科学院产出了一大批创新报国的科研成果，涌现出一大批创新报国的先进代表和典型事迹，几代中国科学院人共同谱写了创新报国的华彩乐章。

　　"创新报国"是中国科学院的优良传统。无论是1965年在世界上首次人工合成牛胰岛素，抑或1988年北京正负电子对撞机首次对撞成功，还是2017年构建天地一体化广域量子通信网络，中国科学院人创新报国矢志不渝。以北京正负电子对撞机为例，邓小平在参观北京正负电子对撞机国家实验室时指出："任何时候，中国都必须发展自己的高科技，在世界高科技领域占有一席之地……高科技的发展和成就，反映了一个国家和民族的能力，也是一个国家兴旺发达的标志。"北京正负电子对撞机的建成，奠定了我国在粒子物理学领域的国际领先地位，是继"两弹一星"之后，我国在高科技领域的又一重大突破性成就。党的十八大以来，习近平总书记始终把创新摆在国家发展战略全局的核心位置，指出"科技是国家强盛之基，创新是民族进步之魂"。中国科学院发扬创新报国的优良传统，不辱使命，再立新功，从"中国天眼"、散裂中子源等重大科技基础设施，到"悟空"号暗物质探测器、"墨子"号量子实验卫星、"慧眼"硬X射线调制望远镜卫星等系列科学实验卫星，再到铁基高温超导、多光子纠缠、中微子振荡新模式、水稻分子育种、量子反常霍尔效应等基础前沿重大创新成果，都充分体现了国家战略科技力量的使命担当和实力水平。

"创新报国"是中国科学院人科学精神的集中体现。无论是扎根边疆、献身植物科学研究的蔡希陶先生，坚持实地调研、重视一手资料的地理学家周立三院士，还是时代楷模"天眼"巨匠南仁东先生、药理学家王逸平先生，他们都用毕生的科学实践诠释了求实、创新、奉献、爱国的科学精神。以南仁东先生为例，为了给"天眼"选址，他跋山涉水，在贵州的深山里奔波了12年；身为项目首席科学家兼总工程师，他淡泊名利，长期默默无闻工作在一线。我们要珍惜这些宝贵的精神财富，大力弘扬他们在科研工作中体现出来的科学精神和专业精神，营造良好的创新文化氛围，推动创新文化建设，增强广大科研工作者的历史使命感和责任感。

"创新报国"是中国科学院科学文化的核心理念。科学文化是影响创造性科研活动最深刻的因素，是科学家创造力最持久的内在源泉。基础研究和原始创新要求科学家具有勇于探索、敢为人先的创新精神，严谨认真、锲而不舍的治学态度，无私忘我、甘于奉献的崇高人格，不辱使命、至诚报国的伟大情怀。中华人民共和国成立之初，百废待兴、百业待举。竺可桢、吴有训等一批饱经战火洗礼的爱国科学家毅然选择留在新中国；赵忠尧、钱学森、郭永怀等一批优秀科学家纷纷放弃海外优厚的生活条件，克服重重阻挠回到祖国。在当时十分艰苦的条件下，他们以高度的爱国热忱投身于新中国的科技事业，积极参与新组建的中国科学院的建设，研制"两弹一星"，制定"十二年科技规划"等，使新中国许多空白领域得到填补，新兴学科得到发展。中国科学院70年的奋斗历程，始终依靠的就是这种文化和精神，我们必须珍视和弘扬。

"创新报国"对新时期我国科学文化建设具有重要意义。科学文化本质上是一套行为准则、社会规范和价值体系，包含科学知识、科学方法、科学思想、科学精神等方面。一方面，"创新报国"已经内化为我国科学文化的一部分。"服务国家、造福人民"不但是广大科技工作者的历史使命和社会责任，也是科技工作的出发点和落脚点。另一方面，科技工作者在具体的创新活动实践中，不断深化和丰富了科学文化的内涵。他们所取得的面向世界科技前沿、面向国家重大需求、面向国民经济主战场的创新成果，帮助我们进一步坚定了民族自信和文化自信，为科学文化建设提供了强有力的科技支撑。

五年前，出于提高全民族科学文化素养的共同责任，中国科学院、中国作家协会、中国科学技术协会前瞻性地部署了"创新报国70年"大型报告文学丛书项目，目的是聚焦"创新报国"的主题，回顾我国70年重大创新成就，展现杰出科技工作者群体风貌，倡导科学精神、奉献精神和创新精神，弘扬爱国主义、集体主义和理想主义。

五年时光，倏忽而逝。这期间，作家舟车劳顿、深入基层采风，审读专家埋首伏案、逐字逐句精心审读，中国科学院研究所同志翻检档案、提供支撑保障，中国作家协会、中国科学技术协会、中国科学院机关和工作团队的同志们鼎力支持、居间协调，浙江教育出版社的同志仔细审稿、严控质量。几许不眠夜，甘苦寸心知。而今，"创新报国70年"大型报告文学丛书首批作品即将付梓与读者见面，相信这批融合了科学与文化、倾注了心血与智慧的作品，这套向历史致敬、向时代献礼的报告文学丛书，能让我们重温激情燃烧、砥砺奋进的70年岁月，进一步坚定执着前行、无悔奋斗的信念，去努力实现建成世界科技强国的美好梦想。

中国科学院院长、党组书记

白春礼

中国科学院学部主席团执行主席

2019年6月

题 记

　　一名伟大的科学家的伟大之处不仅在于他术有专攻的研究领域成绩斐然，还在于他把目光从科学的疆域投向人间苍生，情系国家的命运和民族的未来。我认为，中国科学院院士、南京地理与湖泊研究所名誉所长、研究员周立三，就是这样卓越的一位。

目录

引子 / 001

第一章　他从西湖来 / 007

一、保安桥的故事 / 008

二、奎元馆的"片儿川" / 012

三、"人间第一怪" / 019

第二章　生活之路 / 027

一、成长之路 / 028

二、中山大学站 / 038

三、出国留学 / 046

第三章　保住中国地理研究所 / 049

一、筹备地理研究所 / 050

二、留在南京 / 057

三、地理研究所的"凤凰涅槃" / 061

第四章　新疆是个好地方 / 069

一、辽阔的新疆 / 070

二、揭开新疆的神秘面纱 / 082

三、新疆的知心人 / 096

第五章　农业区划的开拓者 / 101

一、跳动的农业之心 / 102

二、成功的江苏试验 / 110

三、不负重托 / 119

四、在大地上作画 / 124

第六章　具有战略眼光的科学家 / 129

一、老骥伏枥 / 130

二、"拼命三郎" / 135

三、国情报告 / 142

第七章　河山之上 / 149

一、踏遍山河 / 150

二、和恩师在一起的日子 / 158

尾声　血乳大地 / 165

丛书出版后记 / 173

　　南京和杭州，中国两座历史悠久的城市，以一种水系的方式，血脉相通。长江穿过六朝古都南京，它的远方是大海的辽阔，是澎湃、雄浑和无尽的滚滚波涛。站在南京长江大桥上，或攀上紫金山顶，你会看到那莽莽苍苍、奔腾不息的长江，蜿蜒向东奔流。历史赋予杭州的，是一条京杭大运河。杭州，以一种切入现实的视角，用诗意的现实、恢宏的历史，形成一条虚拟的文化大河，千百年来，始终闪烁着不息的人文浪花。

　　两座城市，在水的逶迤、奔腾中，在历史的航线上，不时以飞溅的水花，谱写现实的华章。从绵延的京杭大运河到逶迤的长江，周立三，这位从杭州走出的中国科学院院士、一代地理学宗师，从京杭大运河的南端，启程北上，走进六朝古都南京，然后他用一生的时间，解读和揭开大地山水地理的密码。

　　周立三，从小就饱含对大地与生活的种种磨炼，带着水一样的绵柔情怀，怀一颗报国的忠心，踏遍千山万水，叩问山川河流，以科研报国的方式，试图为大地的子民，探索出一条民族振兴、人民幸福的地理经济之路、生存之路。

接受这个与大地有关、与野外调查有关的科学家的创作任务，我是很有兴趣的。从某种意义上说，这也是在解读人与大地的隐秘关系。我喜欢做这样的事情。我以为，脱离大地、脱离根本去谈论一些宏大的事情，本身就是一种虚空或者不切实际，要像西方传说中的安泰俄斯一样，只有脚踩在大地上，才有无穷的力量。而人与大地的情感，在我看来是人世间最朴实真挚的情感了。我坚信那句流传经年的朴素真理：种瓜得瓜，种豆得豆。这句话可以看作是大地的职业操守，其实也不乏大地对人类的忠贞和眷恋。

你爱她多少，她就回馈给你多少。

大地对农民来说，是无比赤诚和真实的，没有半点浮夸和喧嚣。大地所能给予你的，都是一些最本质的道理。解读大地，解读大地内部的秘密和大地上的人们，这对于生活在大地上的我们，是熟悉而又陌生的。很多年来，我们的农人，都是在二十四节气里，一次次完成大地的答卷——春种秋收。而科学家对大地的问道，亦如田间劳作者。

对大地，至少我从来没有认真审视过，或者说很多人都没有真正意义上地审视过。我们朝夕相处、赖以生存的大地，她一直就在我们的脚下，还需要审视？还值得去探讨、研究？一年四季，该种则种，该收则收，一切都是按照自然规律，按部就班地生长、枯萎以及再生；种麦子、种水稻、种棉花还是种其他作物，一切皆顺其自然。

然而，随着对周立三院士的深入采访、学习，我对大地的理解，渐渐地走出狭隘。

当我面对周立三院士一摞摞厚厚的著作时，我是压根就没想到有这么复杂。他对祖国的山川以及各种地域地貌的考察，对农业区划的研究，对中国国情的分析等，完全以一种拓荒者的形象在进行；他的一本本不朽的学术专著，从对地理的研究延伸到社会、经济、人口、粮食等问题，这种全方位、立体式的研究，已经从对经济地理的研究，直接飞跃到对生产与生活的研究，进而把握大地和国家经济发展之间的脉搏。

周立三院士以一种心系苍生的情怀，向着大地，为人民描绘了祖国富强、人民幸福的画卷。他在经年对大地的探索中，把自己锻造成一位具有战略眼光的科学家；他的如炬目光里，有泥土、山川的经济地理学，还有祖国和人民的命运。

中国科学院南京地理与湖泊研究所，周立三院士曾经工作的地方，这个被称为"小九华山"、位于北京东路的研究所，是我所要拜访的地方。在松树、杉树与历史簇拥的院子里，这片外表朴实、古旧的建筑群，一幢幢，沉淀着时间的分量，在日益老去的光圈里，又仿佛在缓慢地生长着什么。

在中国科学院的牵线下，我有幸深入周老生前工作的地方实地采访。余生也晚，没能认识周立三院士，没能沐浴在他盛大的学术光辉和人格魅力里，也没能在他科研报国的情怀里，领略其心忧民生的使命与担当，这已成为我人生中的一个遗憾了。

抵达那幢学术气息浓郁的大楼时，研究所的张落成先生已在他的办公室等我了。

我从张先生的热情接待中，仿佛模糊地看到当年周立三院士躬耕大地的身影。张先生一身儒雅，却不善言辞。在了解了我的采访意图后，他转身从办公室的书橱里，搬出一摞摞周立三院士的著作。除此以外，他似乎没有更多的言语。对于科学家来说，他们的一本本学术著作，就是最详细最有力的述说。

这让我对学者、科学家产生一种敬仰。大千世界里，他们不为外界喧嚣所扰，不为浮华富贵所累。在他们的内心里，根植的是科学事业；就像周立三院士，根植大地，心怀国家，谱写寂寞而又壮丽的山河地理的华章。

张先生说："这些书够不？好好读读，即使不写，周立三院士的著作也是值得一读的。"低沉的男中音里透出朴实、低调和沉稳。这里面，我似乎感觉到语言的丛林正从身边生长，茂密、葳蕤，又充满着无限的静谧和恬静。在南京这闹中取静的一方楼宇里，我面对的仿佛是一片原生态的辽阔旷野，就像周立三院士曾经三次考察的广袤的新疆。当年，周立三院士带着他的团队，去新疆、去甘肃，徒步河西走廊等，翻山越岭，长途跋涉，为新中国的建设，竭尽毕生的才情。他行走山川大地的脚步声，是大地上最美的乐章。

随着采访和学习的深入，我不断被周立三院士的事迹所震撼。一个极其纯粹的地理学人，从国民经济发展的角度，俯下身子，扎进大地深处。他对地理、国家与人民的热爱，为新中国地理研究所成立所付出的心血，对走过的每一寸土地的热爱，让我动容；他那一篇篇凝结着千钧力量的国情报告，为国家经济建设起到重要作用。

他，作为大地之子，涌动的始终是赤子情怀。

我在周立三院士逝世20周年座谈会上听到这样一个故事。周立三院士在临终前，对他爱人说，他现在最想吃的是饺子和汤圆。

我听后，眼眶湿润。周立三院士一生致力于经济地理的研究，用全部的生命在书写，没有一丝一毫地分散精力，地理学事业已经成为他的生命。瞬间，我对脚下的大地，产生莫名的沉重感。这片土地，原来早就饱含周立三院士毕生的探索与叩问，他那铿锵的足音却不被我们所听闻。

我以为，无知者，不是无畏，在这里分明是一种罪过，一种亵渎大地的罪过。我们赖以生存的平原、高山、河流、丘陵、峡谷等，在周立三院士的地图集上一一呈现，饱含着他对大地的深情。他对大地肌理的条分缕析，让我们窥见大地内部的图景。

杰出的经济地理学家周立三，因病不幸于1998年辞世。去世前的5年里，他不顾年过八旬的高龄，依然参加了广东、广西等地红土壤实地考察，为中国的地理学事业继续发挥余热。

躺在医院病床上，周立三院士还念念不忘科学研究和人才培养的事，他对自己的亲人和师友不无愧意地说，由于身体原因，没能带完这一届学生，他很遗憾。当时，有一名来自甘肃兰州名叫张海亮的博士研究生，已跟周立三院士学习一年，再坚持一年，他就可以顺利毕业了。可惜，彼时的周立三院士已经有心无力，身体已经不允许他再透支下去，生命的红灯早已亮起。周立三院士有些动情地说，他很对不起那名兰州的学生。

这是周立三院士临终前的牵挂，也是一代卓越科学家的情怀。他把地理学事业完全融入生命，事业高于生命；生命不息，科研不止。他就像那波涛万顷的长江与历史悠久的京杭大运河，已经和大地融为一体，一起澎湃，一起奔流。在周立三院士的天穹里，他所追求和奋斗终生的，是他钟爱的地理学事业，以及所承载的国家富强、人民幸福。

这就是杰出的经济地理学家的忠诚与使命！

这就是一位具有战略眼光的科学家的执着与追求！

第一章 他从西湖来

Chapter One

一、保安桥的故事

保安桥，是个地名，是周立三出生的地方。保安桥，顾名思义，保一方平安。"保安"二字在无形中影响着周立三，他的人生与地理学事业，就是在诠释"保安"二字的内涵与意义。

童年的经历往往是一个人的生命底色，在一些重要的关口，不可名状地影响着他的抉择和人生走向。保安桥，这个地名虽然与后来周立三从事中国地理研究并无因果关系，但是谁又能说它对周立三毫无影响呢？这位后来的中国科学院院士、地理学宗师，从其取得的成就来看，一生都在为"保安"二字奋斗。

"东南形胜，三吴都会，钱塘自古繁华。"杭州历史文化积淀深厚，人烟阜盛、街市繁华，被誉为"世界上最华美的天城"。它坐拥钱塘江和西子湖，得天独厚，让人向往。然而，可惜的是，周立三出生的1910年，恰是清朝末期，是辛亥革命前夕。这时期，人民处于水深火热之中，民不聊生。

杭州不止一座保安桥。江南水乡的地理环境决定着当地建桥之多。人们把"保安"二字刻在桥上，想必是祈祷获得长久平安的守护。

周立三所生活的保安桥，应该是上城区河道上的保安桥，建于南宋，《梦粱录》《杭州地方志》等书中都有记载。当然这座桥早就不存在了。当地熟悉地名的人告诉我，当年的那座保安桥就在现杭州市建兰中学附近，抚宁巷南边。20世纪80年代中后期杭州旧城改造时那段河道被填平了，桥也就拆掉了，但保安桥的名字却留了下来，现在的保安桥河下、保安桥直街等，都在那一片。滋润万物，是生命之源；江河沧澜，也会带来灾难。与水在一起，人自然寻求平安，想必这保安桥，在起名之际，就寄托了人们美好的心愿。

周立三出生之际，恰逢乱世，可是他偏偏出生在保安桥。出生地的美好寓意和现实的乱世之景残酷地对立着，这是否给童年时期的周立三一种暗示和影响，是否让他早早许下了追求宁静祥和生活的愿望？问题的答案我不得而知，但周立三的父亲周庆襄必定是对周立三有着这样的期许。周庆襄希望周立三考个专科学校，便于就业，在动荡的岁月里，以求得一份安分守己、旱涝保收的工作。当时周家已遭到了很大的变故，周庆襄的想法，我们是完全可以理解的。父亲这样的心思，加深了周立三对保安桥的印象。周立三一生都带着"保安"的印记，他将生命投入祖国大地"肌肤命理"的研究之中；北上新疆，南下海南，他要从大地的深处，找出中国经济腾飞的命脉。

周立三学业有成后，在地理学的探求上，始终以国民为重，以经济为重。他从地理到农业，从野外调查到经济研究，甚至不顾年事已高，多次赶赴新疆，同时他从经济地理出发，开展具有战略意义的国情分析，渴望人民富裕、国家富强。

见证周立三少年时代、青年时代的，莫过于有着他的发小、老乡和同学三种身份的万绍章。万绍章和周立三两人虽然选择的道路不同，但是在很长一段时间里，两人形影不离。

周立三和万绍章在当时位于柴木巷的杭州第二高小读书。两人多年的同窗生涯就此开始，谁也没想到，他们俩竟然一起从小学读到中学，从中学读到大学，始终在一起。直到1949年后，两人才天各一方。

当然，今天我再去杭州寻找周立三院士的足迹时，已不可能回到历史的"原地"。柴木巷、保安桥以及杭州第二高小都消失了，甚至文字记载都不见得有多少。柴木巷的消失也就是20年前，而保安桥和杭州第二高小则消失得更早，取而代之的是另一些新生的事物。

柴木巷，作为周立三和万绍章两人童年共同学习、玩耍之地，是杭州一条非常普通的小巷，东西向，东端是佑圣观路，西端是中河。杭州巷多，但是柴木巷对周立三而言，有着不同的意义。万绍章晚年回忆周立三时说，从小在柴木巷长大的他们，对柴木巷的每一段路、每一道墙、每一个墙门都怀着深深的眷恋之情，这里留下了周立三和万绍章的童年逸事。万绍章的家就在学校附近，于是放学后，他总喜欢邀请周立三留下来一起在柴木巷玩。周立三家住的保安桥在学校南面，相距约5里路，上下学要花费不少时间。

在这小小的巷子里，周立三存下了学业有成的信念，他深知学习可以改变生存境遇，可以实现人生价值。

二、奎元馆的"片儿川"

奎元馆，是周立三童年生活里一个难以忘却的地方。这个地方印记着祖母和一段沉重压抑的辛酸往事。

周家是个大家族，人口众多。祖上善于经商，家境殷实，拥有不少房产。这样一个非常富足的家族，一番变故后，竟到周立三的祖母被迫去乞讨的境地。

当时连年战争，时局动荡，安稳生活亦求而不得；再加上祖父和父亲对家族生意的经营不善，最终家道一落千丈，差不多到了一贫如洗的境地。生存成了周家现实而又紧迫的问题。

周立三三四岁的时候，他的父亲周庆襄为了生计被迫离开杭州，只身前往北京，投奔在北洋军阀政府做事的六叔。

周立三眼泪汪汪地望着父亲："爸爸，不要走！"父亲一把抱起他，却说不出话来，只能将夺眶而出的泪水使劲擦拭在他的衣服上。一旁的祖母也泪湿衣襟。周立三不明白父亲为何外出，他哪里知道，待在家中，多一口人就是多一分负担；况且，家中还欠下一大笔债务需要父亲去偿还。与其说周庆襄外出谋生，还不如说是去躲债的。万般无奈之下，他只好走为上策。

可谁知道，周庆襄这一走就再也没有回来。

周庆襄本以为，无论如何家中还有父亲可以依靠。然而，让人悲伤的是，就在周庆襄离家后不久，周立三的祖父不幸去世。这对全家人而言，犹如晴天霹雳。家中的顶梁柱一倒，不谙生活之道的祖母陷入恐慌和无助。巨大的绝望不仅来自对生活的两眼一抹黑，还有祖父生前留下的繁重债务。

家中唯一的希望就寄托于在北洋军阀处谋生的父亲周庆襄身上。

周立三出生后的第二年，辛亥革命爆发。中国大地上列强入侵，军阀混战，民不聊生。

兵荒马乱，薪水自然得不到保证，父亲被欠薪的事时常会发生，家中的日子也就随着父亲的薪水有无而时好时坏。这一来，杭州的生活压力自然落在祖母的身上。一双小脚的祖母焉能抵挡得了生活的严峻考验？

为了还债，为了活下去，祖母不得不变卖了祖上留下的为数不多的房产。但这，也只是杯水车薪。后来，祖母找了一份糊火柴盒的工作。糊一个盒子几分钱，为了挣够她和周立三一天的伙食费，祖母往往要夜以继日地忙活好久。在解决生活基本温饱之余，祖母还得时刻提防债主上门逼债。

周立三永远记得那些债主上门逼债和祖母叫他外出找亲戚

讨饭吃的情景。这些情景是周立三童年的深刻记忆。童年的苦难让周立三后来在生活上一直保持省吃俭用的习惯，但时常对有困难的同事和学生给予无私的帮助。

那一年，杭州的冬季特别漫长。祖孙俩刚把咸菜、包子和稀粥端上桌子，雪花就降落下来了。

咸菜、包子还有稀粥，已经是较为丰盛的饭菜。更多的时候，一个馒头或者一碗稀粥，一顿饭就打发过去了；咸菜还是祖母从邻居家讨来的。

吃饭时间被一群如狼似虎的人打断了。他们虎着脸，气势汹汹地闯了进来，掀翻了桌子，推倒了家具，甚至把锅砸了。然后翻箱倒柜一番，扬长而去。

周立三知道，这又是一拨债主上门逼债。他已经对这种担惊受怕的日子习以为常了。

债主上门，祖孙俩就站在一旁，看着他们打砸抢夺，家中值钱的东西想拿就拿走吧，除此别无他法。

周立三清晰地记得，面对这群债主，祖母曾不顾年迈的身体，苦苦哀求和哭喊，她甚至不顾雪地的寒冷，跪倒在他们面前，但无济于事。

周立三后来明白，在生活困苦面前，祖母除了丧失自尊去乞求，又能如何呢？一个女性，穷困到最后，唯有无限的泪水和伤悲。彼时的周立三还不能完全体会祖母的绝望和伤悲，他紧紧挨着祖母，拉着祖母冻僵的手，呆呆地站立在雪中。5岁的周立三，已经知道点什么了，可是他也只能默然地看着这一切。雪花大朵大朵地落下，那时候周立三也许在想，这无数的雪花啊，要是能变成洁白的面粉就好了，祖母和他就不会挨饿，就可以吃到香喷喷的包子了。无奈，天空只会落下冰凉的雪花，大地亦不会无故长出粮食。对大地种子的幻想，也就在那一瞬间刻在了周立三的心田。

家族生意失败带来的困境，让周立三铭心刻骨。这也是后来在人生重大的选择面前，周立三按照父亲的意愿，选择读专科学校，稳妥地工作，不再走做生意这条充满风险和挑战的道路的原因。

如果说债主上门逼债，对于周立三来说，是颇为惊恐，那么雪天借钱讨吃，又是何等的不堪和无奈！

一天早上，祖母卧在床上，把周立三喊到床前，抚摸着不到6岁的周立三，半天没有言语，只是一遍遍地抚摸着，苍老的眼睛里，泪水止不住地往下掉。周立三站在床边，等待祖母开口。

"孩子，你今天去柴木巷借点钱吧？祖母答应今天还债主一点的。"父亲的薪水还没有来，只有再去找亲戚借钱渡难关了。周立三知道，在柴木巷有一门亲戚，但是周立三很少去，祖母也很少提起。不是祖母不提，而是那门亲戚家很富有，原先两家还经常走动，自祖父过世后就渐渐疏远了，再往后也就不再走动了。祖母不愿看那亲戚的脸色，不到万不得已，是不会提起他们的。

祖母叫周立三去那亲戚家借钱，不知道是生活所迫，还是祖母的另一番苦心。按照祖母的个性，她是决意不肯向势利的亲戚乞求帮助的，但她实在不忍再看孙子周立三一起受苦。祖母让孩子去上门借钱，或许亲戚看孩子可怜的分上，可借出少许。不出意外的话，周立三还是可以饱餐一顿的。出此下策，实属万般无奈之举。

当然，还有另一种可能，就是祖母想利用这样的生活境遇，让周立三早早去品尝世间的人情冷暖，是对幼小的他一种生活的磨炼。我们从后来周立三在重庆、南京等地的生活境况中看到，他对生活困苦的挑战，完全是应付自如。这也许正是得益于祖母当初对他的教育与锻炼。

周立三很听祖母的话，对祖母的吩咐，他总是言听计从。

周立三知道，这不仅仅是关系到他和祖母生活的事。祖父去世，父亲不在家，他到了撑起周家脊梁的时候了。

周立三空着肚子，带着祖母的期盼，迎着雪花一步步走向亲戚家。结果可想而知——在贫穷面前，亲戚间的关系也变了味道。

出门借钱，这或许是周立三一生中的阴影。我们在周立三后来的人生经历中发现，他从不因为自己或家人的事而去求人。即使是周立三的女儿想换个工作，他也从来没有向上级组织开过口。

在周立三童年的记忆里，官巷口四拐角有一个叫奎元馆的面店。逢年过节或者遇上喜事，祖母总会带他来这里打牙祭。这也是周立三童年里最大的渴望，是留在记忆中一抹灿烂的彩虹。

这家创办于1867年（清同治六年）的奎元馆面店，在杭州名头很响，有"到杭州未去奎元馆，枉然西湖之行"一说。一碗普普通通的"片儿川"，就是奎元馆的招牌面之一。"片儿川"相传是从苏东坡"无肉使人瘦，无竹使人俗"的诗句中得到启发而开创的，以新鲜猪腿肉、时鲜竹笋、绿嫩雪菜作为原料，经烹制后，色香味俱全，令人垂涎欲滴。

周立三一边吃着"片儿川"，一边听祖母讲关于奎元馆的故事。当年面店初创之时，正值清朝乡试，各府考生云集杭州。一贫寒考生，进得店来，只要了一碗清汤面。店主心生同情，便特意在面里加放了三个荷包蛋，除了给他增加些营养之外，还有预祝他连中三元的意思。后来，考生果然高中进士。为报当年老板雪中送炭的情谊，考生专程前来拜谢，并当场题写"奎元馆"作为店名，那碗面，也有了个美丽的名字——"片儿川"。此后，每当考试，考生们就要到店里来吃上一碗"片儿川"，祈愿自己从此能脱颖而出，榜上有名，青云直上。

周立三已经记不清祖母把这个故事讲了多少遍了。他就着鲜美的面汤，把故事吞进胃里，留在内心深处。

长大后，再回忆童年吃"片儿川"的往事，周立三有如醍醐灌顶，恍然大悟，祖母是在通过那个考生高中进士的故事教育他，要在逆境中勤奋读书，争取出人头地。

　　每次回到杭州，周立三总是要吃一次"片儿川"，以此表达他对祖母的怀念与感恩。

　　周立三生前很少谈童年的往事。童年的往事，就像一口深井，隐秘于他生命的长河里。他把这些养分化作对大地肌理的探索，一心扎在中国地理学的事业里，钻之弥坚。

三、"人间第一怪"

读书，这应该是祖母馈赠给周立三的宝贵遗产。

在当时社会动荡的环境下，父亲北上，祖父离世，周立三跟祖母相依为命，小小年纪便尝尽生离死别、人生艰辛。不能不说，周立三的童年是沉重的，生活的苦难使得他有点早熟。

在当时，活下去，才是普通人最简单也最真实的想法。至于读书什么的，那只能是少数人家奢侈的行为。但周立三的祖母却坚持让周立三上学。祖母是大户人家的女儿，来自书香门第，懂得读书的重要与珍贵。

有这样有远见的祖母，周立三又是幸运的。在他还不到上小学年纪的时候，祖母想方设法从牙缝里挤出一点资金，供周立三读书。她坚信，越是艰难黑暗的时候，读书就越是明亮的事情。

每天早晨，祖母早早地起来，喊醒周立三，洗漱完毕后，简单地对付下早餐，就把周立三送到私塾里。祖母站在私塾门口，指着门楣上方的几个大字——"诗书万年长"，对他说："孩子，你得好好读书，不读书，可能就没有出路。"

然后祖母迈着小脚，赶去糊火柴盒为周立三赚取学费。有没有吃的，或者周立三吃饱没有，此时，已经不是最重要的了，祖母所牵挂的是，每天必须把他送到私塾。不论刮风下雨还是打雷飘雪，抑或是生活的坎坷和道路的泥泞，都阻挡不了祖母让周立三读书的决心。

周立三没有让祖母失望。祖母后来从私塾先生那里得知——这孩子上学很安分，很少说话，只有在朗读古文的时候，才能听到他大声诵读的声音。周立三一直保持着这样的秉性。祖母的话和读书的事，就像人生中的两只大手，紧紧地牵着周立三，一生都没有松开。

在周立三的眼里，书就是自己的生命。图书馆是他最喜欢去的场所，而书店则是他经常去的地方。他参加工作后的工资，除了一部分家用外，其余全部用来买书。他好读书，但与业务无关的书很少去看。家中办公的地方早就被他改成微型图书馆，十来个书架摆满了各种专业图书和资料。

书也是周立三家中最珍贵的财产。当时他家唯一的电器就是像电视机大小的冰柜，很多人看不下去，建议他换掉。他淡淡一笑，说，够用就行，节省下的钱还是花在图书上稳妥。

江浙地区自古文风鼎盛，学风浩荡，再加上祖母的谆谆教诲，这样的氛围让周立三对读书和学习甚是看重。在中国地理研究所工作期间，他意外得到了一个出国深造的机会。他显得颇为犹豫。国家兴亡，匹夫有责。这样的环境下，作为科研学者怎么能离开自己的祖国？那时，周立三已经成家了，还有了孩子。种种原因，从大家到小家，都使得周立三有些彷徨。

然而，科学家的贡献，不在一朝一夕；去国外学好本领，回国建设，同样是爱国；爱国靠的不只是热血，还需要才华和知识。后来，在大家的劝说下，周立三终于答应到美国去留学。只是这一走，家中的大小之事和孩子的教育等重担，全落在了妻子吕庆如的肩上。以后每当回忆此事，周立三总是对妻子心生愧疚。

两年时间，说短不短，转眼到了归国的时分。此时，中国地理研究所已从重庆迁至南京。妻子吕庆如和大女儿周蜀恬到南京大校场机场（现南京禄口国际机场）接回国的周立三。

女儿看到父亲带着的两个超级大的箱子，心里充满了期待：爸爸从美国给我们带来了什么好东西？会不会给我带了一个眼睛会动的洋娃娃呢？

回到家后，周蜀恬翻遍了周立三的两个大箱子，箱子里除了周立三的换洗衣物外，清一色全是书，厚厚的大部头外文书。这让周蜀恬大受伤害，她抱着妈妈的肩膀，号啕大哭。她幼小的心承受不了对父亲长久的思念以及久别重逢后的巨大失落。

在周立三的心里，自然是有着对妻女的无尽挂念，但更多的是他的地理学事业。

后来，女儿周蜀恬当然理解了她的父亲。她回忆起父亲的工作状态，眼里满是心疼。回国后，周立三工作到深夜，早已是家常便饭。只要一投入工作和读书中，他不是忘记下班，就是忘记回家吃饭。这时周蜀恬和弟弟妹妹就不得不轮流到他的单位喊父亲回家。时间长了，吕庆如就有点嗔怪他："真是个书呆子。"

有这样一件事，周蜀恬至今还清晰地记得。那时她还在读小学，有一天看到父亲书房很乱，她和弟弟妹妹忍不住地收拾起来。父亲终日埋头于书山之中，心无旁骛，完全是"两耳不闻窗外事，一心只读圣贤书"。

周蜀恬他们常被父亲的治学精神所打动、震撼。父亲在书桌前夜读的身影，定格在他们心中，敬畏之情油然而生。周蜀恬和弟弟妹妹也渐渐地向着书橱靠近，靠近这些被父亲视若珍宝的书。

他们学着父亲的模样，按照颜色和大小，把凌乱的书摆放整齐。他们忙活了一上午，忙得是满头大汗，却不亦乐乎。作为孩子，他们能为家里、为父亲干点事而倍感快乐。他们满心欢喜地等着父亲回来，希望得到父亲的褒奖和夸赞。

晚上，父亲下班回到家中，当他看到书房的情况时，顿时脸色大变，怒气冲冲。

父亲问，这是谁干的？

周蜀恬和弟弟妹妹，面面相觑。

周蜀恬怯声说，是她和弟弟妹妹。

她的话音未落，周立三的手掌已经举起来了。那一晚，周蜀恬和弟弟妹妹第一次遭到了父亲的责打。

父亲很生气地说："我的书你们怎么可以乱动？"

周蜀恬和弟弟妹妹都委屈得哭了，他们没想到父亲是如此不讲道理。

这是周立三第一次打孩子，也是最后一次。

父亲告诉他们，他的书都是按照工作研究的内容摆放的，资料也好，参考书也好，都集中在一起，查阅起来方便。但经他们这么一整理，他一时之间很难找到所要的资料，怎能不急呢？时间对他来说，是宝贵的，可不能把时间浪费在这些杂事上。

周蜀恬半信半疑，一时间没有完全理解父亲的深意，但以后再也不敢乱动父亲的书架和书桌，甚至不敢走进书房半步。

有一次，周立三生病住院，他的一名来自兰州的博士研究生张海亮写论文需要参考书。周立三给了他一张字条，上面写着什么书在书架第几层，让他根据字条所示去他家拿书。这名博士研究生按照周立三给的指示图，竟然分毫不差地找到所需的资料，惊诧不已。

宋代文学家苏轼曾说，"宁可食无肉，不可居无竹"。这话对周立三来说是再适合不过了。书就是周立三心中的竹子，他胸有成竹。他不管是外出还是出差，随身携带的提包里，总是会有书，可以随时阅读；他把书放在最上层，方便拿取。为此，妻子总是埋怨他，因为在那些书的底下，是揉皱的衣服。

买书，是周立三的最高需求，生活中的一切都必须让行。他对自己买书狠，对子女也是一样。

女儿刚参加工作时，工资低，舍不得拿出钱买书。周立三知道了，就拿出自己的钱，为女儿添置新书。妻子爱种花，他就从书店买来种花的书；儿子爱养鱼，他就买来养鱼的书。

周蜀恬回忆父亲时提到，她的两个女儿每次到南京，周立三都从来没有给孩子买过一袋零食，哪怕一根3分钱的冰棒。但是，只要孩子要看书，这位好外公就会马上跑到新华书店，给她们买回好多好多书。

对于书，周立三倾注其最深厚的感情。"文化大革命"时期，所谓的"历史问题"，给周立三带来了诸多的困扰。全家被安置到了一间筒子楼里住，周立三也是毫无怨言，立即搬家。无论是大房子还是小房子，甚至是筒子楼、小阁楼，不都是给人住的吗？条件艰苦，他不在乎，他在乎的是他的那些宝贝图书。20来平方米的房子，家中实在放不下这些书。周立三为此不惜找到了清洁工。在他的苦苦请求下，终于要到了一小间存放物品的楼梯间。周立三感到很庆幸，终于有地方可以安放他挚爱的书。

于是，全家人开始轰轰烈烈地搬书，这真的不亚于一场局限于家庭的"文化大迁徙"。书拉了一车又一车，女儿周蜀恬累得筋疲力尽，忍不住对父亲说，把剩下的书卖给废品收购站。很少生气的周立三，朝着女儿发火："说什么混账的话，这些珍贵的资料，都是国家用得着的，即使我不用了，还可以给别人用，或者捐给图书馆。"

周蜀恬后来回忆说，那天他们默默地把父亲的书搬到楼梯间，一直拉了10来车才搬完。父亲呢，因为她说了那样的话，一整天都没有搭理她。

书是父亲的命，周蜀恬说。但是有时候，父亲却会异常大方地把书赠送出去。周围的同事遇到课题上的困难，需要找周立三借书，他就找出来送给他们。如果碰上需要的书没有，他还会去书店买回来送给他们。周立三的工资，除了留下一些生活费，其余的都花在了买书上。

每当谈到家庭财富的时候，周立三的妻子总是指着书架上满满的各种图书，说，这就是他们家的存款。周立三在临终前嘱咐妻子，一定要把自己的书全部捐给研究所图书馆。

其时，周立三家的书架已经有十几个了。周立三生前和逝世后，一共给研究所图书馆捐赠图书近2000册。评价丈夫周立三时，吕庆如总是用一个词形容："人间第一怪"。周立三一生不会琴棋书画，也不沾烟酒，电视节目除了《新闻联播》，其余一概不看。

病床上，周立三拉着妻子的手，说，他还有点心事，就是想看看小说，哪怕一本。

　　吕庆如说，在她的记忆中，老周从来没有看过一本闲书。她之前还有点不相信，曾问老周："你小时候都干啥？小学生都知道看看《济公传》《西游记》一类的书。"

　　周立三说，他少年时候放学后就在家练练毛笔字，10岁时候开始为自己家和邻居写春联，过年时候是他最忙的时候。吕庆如还说，她有时候会给老周讲她看的小说内容。老周听后，多次叹息道，等他退休了，一定要用3年的时间专门看看小说。

第二章　生活之路

Chapter Two

一、成长之路

一个人走什么样的道路，是有一定因果的。回首来时的路，总是可以发现一些雪泥鸿爪。青少年时代的成长，是一个人生命事业的底色，影响着未来前途与命运。山有脉，水有源，万物皆有根。周立三自跨入商校后，应该是他另一种人生命运的觉醒。当他那天面对着商校的地理老师时，在山川游记、风土人情以及物产的撞击下，心灵的窗户猛然打开，照进了大地的光亮。他一扫沉郁多年的阴霾，从生命的云层里，钻出头来，第一次看到了真实的自我。

周立三从杭州第二高小毕业后，选择了杭州的一所商业学校，和他一同进入这所学校的，还有他的发小万绍章。这所商校原名叫“浙江省立甲种商业学校”，1922年民国政府改其名为“浙江省立商业学校”，学制也改为5年，取消了预科。这所学校招收杭州高小毕业的年龄在15岁以上的男生。

周立三和万绍章都没有报考正规的中学，因为正规的中学学制都是6年，多一年就意味着多花一年钱。确实，经济因素是他们所要考虑的问题。那时，万绍章家境不容乐观，和周立三家差不多，都处于家道中落的境地。周立三报商校，也是情理之中，父亲远在京城，家中只有祖母和他，房租和房产几乎已用干净，父亲寄来的生活费也是断断续续，还得靠祖母做手工，挣点钱贴补家用。家庭因素，固然是周立三所考虑的，但他的选择也不完全都是因为家庭因素。

周立三出生在贫穷落后的旧中国，军阀混战、外强欺凌，到了青年时候，又赶上国难频仍。周立三目睹国家落后就要遭到欺负的惨景，加上兵荒马乱下贫困生活的艰难，尤其是父亲周庆襄为了生计被迫离乡，使得他对家国有了自己的思考。他似乎从多灾多难里，看到了其中的根源。没有国家的强大，就不会有家庭的幸福。课余他随着游行的队伍，走上街头，加入声势浩大的反帝反军阀的革命队伍中去。他急切要加入救国的队伍中去，他要早一点工作，要早一点为国家尽到自己的青春之力。

周立三工工整整地写下报考"浙江省立商业学校"的字样，一方面是出于父亲的意愿，找一份安稳踏实的工作生活；另一方面也是由于生活的动荡不安，在周立三内心深处，也是想找一份类似海关、邮政的工作，安分守己，好好守护周家。周立三深深感谢祖母和父亲在如此艰难的境况下，依然支持自己读书。早工作，就早一点给家庭减轻经济负担。

其实周立三不是不渴望读6年制的公办中学的。这样的年龄，正是做梦的时候。谁不想像雄鹰一样翱翔在蔚蓝的天空？谁不想做水里的蛟龙，遨游于波涛汹涌的大海？周立三在高小上课时，每天看到校园里白发苍苍的老先生，越发觉得光阴的珍贵。梁启超先生的"少年智则国智，少年富则国富，少年强则国强"，振聋发聩，早就触动着周立三的心弦。很多个黄昏，周立三都是心事重重地踩着自己的影子回家。他无法跟手工作坊里的祖母吐露自己的心事。

1924年，周立三和万绍章一起步入了浙江省立商业学校。

周立三有点庆幸，还好，发小也在身边，这样的学习也许就不会那么煎熬。谁知道进入商校不久后，周立三完全被一位执教地理课的老师吸引了，准确地说，是被地理课的教学内容吸引了。

他那时不知道老师姓什么叫什么，实际上后来周立三也还是没有记住老师的名字。周立三完全沉醉在课堂上，老师口中壮美的山河，众多的湖泊，秀丽的风景，还有各地的风土人情，在周立三的面前，打开了一扇神奇斑斓的世界之门。以往，周立三只知道杭州的西湖、灵隐寺，知道雷峰塔还有断桥，而父亲所在的北京，他则无法想象出北京紫禁城的模样。在他的认知世界里，似乎只有杭州和模模糊糊的北京。现在，面对着地理老师，他第一次感到祖国是如此辽阔，地貌是如此丰富，神州大地是如此神奇。正是这神奇的大地，承载着千千万万的人。

这里还有多少未知的神秘等待着去探索？可是，一想到当下的中国，贫穷落后，列强欺凌，周立三立志：报国，从我做起。

地理老师的课，改变了年少懵懂的周立三。此后，在商校的校园里，师生们见到了一个心智日趋成熟、性格越发稳重的周立三。学校的一切文娱活动都与周立三无关，取而代之的是书本和阅览室里的各种报纸。周立三读报与其他同学不同，他只读国家时事；碰到有价值的新闻，他就随手记在记事本上或卡片上。在以后的学习中，周立三始终保持记卡片的习惯。面对着浩瀚书海，他一丝不苟地摘记着。后来，在他的书架上，我们还可以看到成摞成摞泛黄的卡片，竟有两万多张。

据万绍章回忆，周立三与他的性格是天壤之别，他是淘气型，周立三是稳重型。他们俩认识了七八十年，其中联床共处的时光，断断续续有六七年。两人和平相处，从来没有闹过矛盾或者红过脸、吵过架。

有次，他们两人正在宿舍做功课。学习累了，两人就从椅子上站起来，活动下筋骨。万绍章装着打哈欠，偷偷地靠近周立三，趁其不备，移走了他的椅子。

结果可想而知，当周立三再次坐下时，一个"咕咚"，摔倒在地。万绍章忍着笑，等着周立三生气的反应。谁知道周立三只是惊愕地瞪了他一眼，然后移正了椅子，坐下来继续看书。

万绍章赶紧上前道歉，他以为周立三会斥责他幼稚的恶作剧，没想到周立三啥也没说。相同的年纪，周立三就已如此泰然、稳重，让万绍章惊叹不已。

商校时期，周立三与其他同学不同。大多数同学满足于课堂，能按时上课就算是完成学校和自己的任务了，反正商校一毕业，就可以走入社会找一份旱涝保收的工作。但是周立三不是这样的，他常在课余，挤出时间来，练习英文打字，这既是在学习一种技能，也是在自学英语。自学英语干啥？是要继续深造还是出国留学？

一切皆有可能。周立三自己也不知道将来会怎样。那时的万绍章也正好对此有兴趣，两人不谋而合，常在一起学习。机会总是留给有准备的人。商校毕业后，万绍章因此考入中山大学继续学习深造。当然，后来周立三经过一番辗转后，也进入了大学。这是后话。

周立三的稳重有他的原因。一个人要是内心有了某种追求，那么在现实面前，很可能对其他的一切都会无动于衷。因为在他的心里，唯有那个坚定的追求。而这个追求就是由商校的一位地理老师引发的。

课堂上老师讲着讲着，就泪眼婆娑，不无伤感道："可惜的是目前祖国山河破碎……同学们，国家兴亡，匹夫有责。爱国，希望你们首先得让自己强大起来，国家才不会受到欺凌，我们的中华民族才会从此站起来。"

老师的话，句句戳在周立三的心上。他把那些话刻在内心最深处。周立三开始谋划未来的事。

空闲时候，周立三和万绍章谈论毕业后升学的事情。周立三说，一份踏实保险的工作，虽然可以使他们过上暂时平静的小民生活，但是这似乎不应该是他们这一代人的所为，尤其是在国难当头之际。周立三说到了万绍章的心坎上。两人一致决定，继续读书深造。

他们细致地分析了自己和当前各所大学的情况，得出的结论是：清华、北大、中大就不用考虑了，高不可攀；适合自己的唯有武汉和浙江的两所国立大学。说是这么说，实际上就客观条件而言，万绍章的英语还行，但是数理程度近乎为零，而周立三的英语是个问题，这也是他在暗中自学英语的客观原因。

毕业后的那个暑假，是周立三极其煎熬的时光。原本他对考大学是没有指望的，完全是自己的一种奢望，即使与万绍章的讨论，也都是偷偷进行的，至多是茶余饭后的聊天。对于升学与前途，周立三和万绍章都是一片茫然，有种随波逐流的感觉。

后来一份有关报考大学的文件改变了周立三和万绍章的看法，上面提到凡是考上大学者，政府每学年有一定补贴。这一条，立马让两人心底透了亮。上大学的火焰随即熊熊燃烧起来。欣喜之余，他俩又懊恼起来，早知道就应该加倍学习，不该荒废这么多时间！万绍章悔恨地大呼小叫，而周立三变得更加沉稳和内敛了，他什么话都没有说，默默地向着学校图书馆走去。

万绍章知道，这就是周立三的性格，他总认为自己还不够努力。实际上，5年书读下来，周立三几乎看遍了学校图书馆里的存书，读书卡片也记了几大袋，更让人惊讶的是，他连阅览室里的报纸都"不放过"，也记了好多的笔记。当然，记得最多的除了专业知识外，就是地理知识。

一切似乎皆有定数。周立三哪里知道以后的他，从事的正是地理事业。那时周立三的苦学，从小的方面说，就是为了自己有更好的发展；从大的方面说，就是从现实中明白，要想改变国家的现状，首先要学好本领，学好知识，为将来打下基础，只有自己拥有更多的知识和本领，才能为国家效力。他把这份心思埋在心底，从来不透半点口风，即使最好的发小万绍章，他也没有告诉。

周立三不气馁，放弃一切休息的时间，坐在书桌前，发誓要啃下这块硬骨头。

一个令周立三吃惊的消息传来。那个暑假，万绍章已经考上了中山大学。

这让周立三有点不敢相信。他对万绍章非常了解。当时两人讨论了许久，最终决定一起报考浙江大学或武汉大学。他们都是抱着试试看的想法。

万绍章的数理学科简直不敢恭维，每次考试几乎都是白卷。这样的他又是如何考上的呢？

万绍章告诉周立三，这真是运气。

中山大学国文系招生考试在科目上有两项特殊规定，其一是逻辑学可以替代数学，其二是作文部分可以加分。这就让万绍章避开了数理学科的考试。让万绍章开心的是，中山大学文学院院长和历史系、中文系主任，就是当时著名的历史学家、古典文学研究专家傅斯年，所以万绍章决定增加报考这个专业。结果万绍章独自参加了在上海举行的中山大学入学考试，竟然梦想成真。

那年暑假，对周立三来说，是非常失落的。他没有等到武汉大学和浙江大学的录取通知书，只能祝福自己的发小进入大学校园深造。对于爱读书的周立三来说，那年招考真是个好机会，尤其是对于他们这样贫困的学生。

天无绝人之路。眼看就要开学了，天上真的掉下来一个馅饼。

周立三像往常一样在读书、看报，意外地看到杭州的一份报纸上有这样一则告示，浙江省民政厅受中山大学委托，负责地质、地理两系的考试。这则消息，犹如一记响雷，在周立三眼前炸开了，他欣喜得快要发狂了。他掩饰不住内心的激动，顾不上吃饭，立即赶到一处报名点报了名。

这个事还与一个人有关。这个人就是当时的浙江省民政厅厅长兼中山大学副校长朱家骅。朱先生身兼两职，同时他还是著名的地质学家。地质、地理两系的创设就是出自他之手，这两个系属于冷门，报名的人少，录取率自然就高。

1929年，周立三如愿以偿，通过这次考试进入大学读书。

这在周立三的地理学研究探索之路上，应该说起到了决定性的作用，完全是里程碑式的。一方面它把周立三最初对地理学的兴趣爱好转化为一种对学问的研究，对一门科学事业的探索与追求；另一方面，这次大学入学，为周立三打开了地理学大门，对他后来在野外考察、农业规划以及国情报告撰写等方面取得重大成就，具有重要的意义。

万绍章曾在给周立三的信件中写道，两人真是有缘分，能一起去中山大学深造。在两人同去大学就读的路上，万绍章再次感受到了周立三的沉稳。

那次他们俩赴广州时，为了省钱，乘坐的是货轮；那是他们第一次出远门，对一切都充满好奇和忐忑。

他们乘轮船到达广州的时候，天色已晚，已经过了办理入学手续的时间。两个人只好上岸找了家便宜的小旅馆，洗洗漱漱，然后出来找了家饭店，吃了点面食填填肚子。饭后，两人出来闲逛，熟悉下大学周边的地理情况。不曾想，走在半路上，周立三一声惊呼，"哎哟！"原来，他放在衣服里的钱包被小偷窃走了。

这可把万绍章急坏了。他一路上大呼小叫，哀叹连连："这人生地不熟的，到哪里找钱包啊？"回到旅馆，万绍章久久难以入睡，为周立三丢失钱包而自己帮不上倍感惭愧、惋惜。

谁知到了夜深人静之时，周立三洗过澡上床之后，才轻描淡写地对万绍章说，还好，还有三分之二的钱，在行李中呢。

这让万绍章的心稍微放松了点。万绍章还想趁机再安慰一下他，可还没等万绍章转过头来，周立三已经头挨着枕头，呼呼大睡了，睡得如此泰然。

那时，在周立三的心中，没有什么比上大学更重要的了。钱丢了点不要紧，只要安全抵达学校就好。他已经在睡梦中开始规划大学的生活。

后来在中山大学，周立三留给同学们的印象是，穿着一件杭州绸缎的长褂，嘴角含笑，目光冷静，看上去老于世故、待人圆通。字如其人，周立三写得一手好字。他幼时就在祖母的教导下开始描红、临帖，从未放弃过。这也是他童年乃至一生唯一的爱好。按照周立三的话说，练字就是为了过年时写春联，写春联是他的保留节目。为了写出像样的字，周立三临过颜真卿、柳公权、赵孟頫等名家碑帖，笔上的功夫还是很了得的。

大学同学的评价是：笔走龙蛇，苍劲有力；妙笔生花，字字如画。此非凡夫俗子所能及，周立三将来必成大器！

二、中山大学站

在人生旅途之中，广州中山大学这一站，对周立三来说有着不同寻常的意义。他后来在地理学上有所成就，与中山大学的两位德国地理学教授是密切相关的。

在这里，周立三非常荣幸地遇到了两位著名的德国地理学教授。这种感觉就像在茫茫的暗夜里看到了北极星，一滴水找到了通往大海的征途，一片叶子找到了走向秋天的成熟。在周立三心里，他第一次感到人生是如此澄澈，理想是如此靠近，生命是如此有力量。

在中山大学，周立三真正爱上了地理。在两位德国教授的开启下，他看到了地理学这扇大门后的远方，尤其是在中国这片辽阔的土地上。周立三终于燃起了拥抱地理学的火焰。这火焰烧得大火熊熊，烧得烈焰腾空，烧得火光冲天。

其实，地理的种子，很早就在周立三内心隐秘地种下了。

浙江杭州，是个山清水秀的地方，那条始建于春秋时期，完成于隋朝的水运之道——京杭大运河，一直就涌动在周立三的童年回忆里。沿着大运河北上，沿途的山河秀美，人情风土浓厚，况且这条河流直通北京，还有更多神秘，都在周立三的心里埋下了种子。大地是如此的神奇，这河流就像历史与现实的一道缝隙，浩瀚的内容、无尽的神奇都深藏其中。

在他的理解里，祖国山河壮丽，物产丰富，人文历史悠久。而现实残酷的是，从晚清到民国时期，列强入侵，军阀混战，一时间，杭州的有志青年和爱国人士，纷纷走上街头，发出革命的声音。同时老百姓水深火热的生活，激发了周立三内心爱国报国的热情。商校时期的周立三，就在仁人志士的引领下，参加了杭州的民主革命。周立三和其他同学一道，活跃在街头游行的队伍中。

人首先得有国，有国才有家。

他模糊地认识到，国家的富强、人民的幸福，都离不开自己脚下的国土。只有把握了祖国的平原、山川等，读懂大地内部的秘密，我们的生活才会得到改善，家富国强，我们才不会遭到列强的欺凌。

后来的周立三，是中国科学院院士，中国近代地理研究机构的重要开拓者，在中国地理学事业上取得过辉煌成就。有人把他称为一代地理学的宗师、一位具有战略眼光的科学家、杰出的经济地理学家等，这些都侧面说明了周立三在中国地理学事业上做出的重大贡献。

而周立三后来走上地理学研究道路，做出重大贡献，成为中国科学院的院士等，这一切，我们都不能不提到一个人，他，就是周立三的老乡，朱家骅先生。

正是朱家骅，让周立三从商校毕业后，有了一个公费上大学的难得机会；也是他，在周立三与两位德国教授之间搭起了历史性的桥梁。

德国是近代地理学发展较快的国家之一，诞生过许多著名的地理学家。中大地理系正是按照德国地理教育模式设立的，特别重视地理技能和野外工作训练，与当时英美地理教育的模式不同。

在近代地理学发展的近百年的时间里，一些国外学者，以探险家、旅行家的身份来到中国，进行考察和研究，特别是一些近代地理学的大师和著名学者，撰写了许多有关中国地理的高水平著作，为近代地理学在中国的传播、建立与发展，在一定程度上产生了积极的影响。

克勒脱纳教授便是其中一位，他是德国著名地理学家，基尔大学教授，在英国人狄金森所著的《现代地理学的创建人》（1969年版）一书中，他被称为"德国第三代地理学家中最多产和最有能力者之一"。

1929年7月，克勒脱纳教授开始在广州中山大学工作，地理系设在文明路东堂。当时地理系只有两间房，一间是克勒脱纳教授的办公室，一间是其他同事所用。设备有自德国购回的一套世界地图和一些仪器及图书。教学计划按德国模式设计，后来王益涯接任后，教学计划才有所改动。

地理学对当时的学生，包括周立三来说，都是个未知的领域，可以说是完全不知道要学什么。这个系与其他系还有点不同，其他系是收费的，每学期10元，而地理系是完全免费的。当时在中山大学地理系就读的学生一共有12人，其中浙江学生3人，即周廷儒、周立三、楼同茂，他们一起学地形学、气候学等基础课。

克勒脱纳教授亲自讲授地形学、气候学两门基础课。科学调查课是每周外出考察一次，假期做长远考察。把课堂学习和野外实践结合起来，学生受益颇大，这也是周立三痴迷德国地理学的地方。野外实践，是学习和研究地理学的主要路径。地理学怎能脱离地面而钻研图书馆和资料堆呢？当时地理学在德国正"如日中天"，洪堡学派的区位理论和注重野外考察的工作方法，在这两位德国教授的教学活动中得以尽情传授；尤其是克勒脱纳教授组织学生进行野外地理考察，对周立三影响非常深。1930年，克勒脱纳组织"云南地理调查团"，开赴云南边疆做探险式考察，并写成《民国十九年云南地理考察报告》，这是民国时期我国地理学界有组织的地理考察活动之始，已被载入《世界地理学史》。

后来周立三数次到新疆开展综合考察，80多岁时还要坚持户外调查，严格说来都是受当年克勒脱纳、卞沙等德国教授的影响。这也是周立三在新疆综合考察、农业区划、国情分析等重大研究项目上，取得卓越成就的主要原因。

周立三是第一次真切地感受到地理学科研究的本质，德国地理学的"真经"原来就是这么炼出来的。他被德国两位教授所迷住。两位著名教授的科研方法和精神，深深震撼着他。贴着大地搞学问，也就是要扎扎实实地开展野外调查。不进行户外调查和野外调研怎能称之为研究？这也是后来周立三对所里任何一个年轻人的嘱咐，搞研究，不是就坐在实验室和办公室里查查资料、写写文章的，一个真正的地理学家，应该走向野外。

周立三跟在两位教授后面学习地理学，到各地开展户外考察。生活的经验和知识的积累，越发让他觉得地理学的博大精深，隐藏着无尽的学问。大地上的任何一个特征，可能都涉及地理学的现象和肌理。周立三很快成了两位德国教授的"问题学生"。在外出考察的十来个人中，数周立三的问题最多。别看周立三平时话不多，但是头脑一刻也没有闲着，一个个疑问就像雨后的春笋，"噌噌噌"地从泥土深处冒出来。周立三只要一开口，连珠炮似的问题，使得德国教授不得不停下脚步，细心地解答起来，有些问题不是一两句话就说得清楚，周立三就走一路跟一路，在教授身边聆听。他的求学和质疑精神让人大为惊叹。德国教授对他另眼相看，打心底里喜欢这个热爱地理、勤学好问的学生。所以，两位德国地理学教授一有外出考察的机会，总是要把周立三带上。有些同学在跋山涉水、翻山越岭中似乎有点吃不消，叫苦不迭，没想到搞地理学这么辛苦，甚至有了后悔的念头，而周立三却兴致盎然，越是困难就越是沉下身子，搞起学问来。在两位著名教授的指导下参加考察，这是十分难得的机会。一路上，教授总是给他们提出许多问题，启发他们打开思路、深入思考、细致观察。世上任何一个事物都不是孤立无援的，它们总是与万物发生联系，深藏着常人看不到的规律和原理。

周立三记得那次去广东肇庆考察，德国教授指着肇庆人家门前的木桩问同学们，每家门前都有个木桩，木桩上面都装了铁环，难道是拴牲口用的？可是肇庆每户人家都养牲畜吗？

这些木桩是干什么用的呢？他们为什么要用这些东西？周立三和同学们面面相觑，这个木桩，与地理学有什么关系？周立三和同学们苦苦思考，从山川河流等地理知识角度分析，仍然一无所获，甚至以为是教授在刁难他们。

教授说："你们可以抬头看，看看更大的世界，或者说与肇庆的地理环境联系起来。"一语点醒梦中人。原来这里是个常遭受水淹的地方，船舶是这里的主要交通工具，木桩用于系船、系木桶之类。没想到小小的木桩，跟地理学产生了牵连。

周立三和同学们恍然大悟，连连感慨。接着，教授又叫他们去调查来往这里的船舶有多少，每天运送什么东西，这些东西从哪里来到哪里去，它们的数量、经济价值，以及对当地经济的作用等。

通过一个木桩，居然可以调研出经济的大问题来。这让周立三醍醐灌顶、茅塞顿开。周立三初次感悟到了地理学研究的空间很大，不是他自己所理解的那样狭隘，仅仅局限于山川湖海、丘陵沙漠等，地理学还包括人文、居住环境、经济等学问，实际上也就是自然地理学和人文地理学。这开拓了周立三的科学研究视野和疆域，他对地理学有了一个更加准确的认知，并产生了更浓厚的兴趣。以前模模糊糊地感悟到，承载人类居住的大地，对其研究，有助于改变人类生存的环境和条件。现在，经过教授的引领，他更加确信自己的选择。这种经济地理的概念一旦在周立三的头脑中生根发芽，就再也没有停止生长，地理学为国民经济服务的宗旨，成为周立三毕生的研究理念。

周立三研究经济地理学，后从经济角度转变为国情分析研究。他在敬佩导师之余，深刻地感受到野外考察对地理学研究的重要性。甚至他在年过八旬时，毅然接受国家布置的科考任务，依然坚持野外考察。

后来，周立三又继续跟随德国教授克勒脱纳深入杭州、南京、苏州、无锡等地进行城乡地理考察，了解和评议这些地方的城乡规划布局。研究地理学，只有深入野外，才能发现其中的洞见和真知。周立三在撰写毕业论文期间，经常上街，不是观光游览，而是认真察看街道两旁的房子：哪些是商店，卖什么商品，这些商品物资从哪里来，到哪里去。他也常去了解这些城镇的道路交通、河湖分布，然后常问自己，为什么城镇都在河湖两旁，这些房屋有多少年份，怎样形成的，这些城镇是怎样发展起来的等。

周立三常这样安慰和鼓励自己："知识是靠积累的，不是一天一夜造就的。"

三、出国留学

1946年，抗战胜利后不久，周立三在中英庚款董事会的资助下，公费到美国威斯康星大学进行为期两年的进修。

这一次进修，对周立三来说，有颇多感慨。去进修前夕，周立三已经在位于重庆北碚的中国地理研究所工作了6年。周立三认真工作、考察，从不计较个人得失，一心盼望祖国富强。由于国民党政府对中国地理科研不上心，相关科研经费时断时有。北碚中国地理研究所每况愈下，研究所从当初的50来号人，渐渐地缩减到最后只有20来人。周立三带着对当局的失望，决定出国留学。当周立三正式接到去美国留学的通知时，他的内心也是万千复杂的。这个复杂饱含着对中国地理学研究前途的迷茫、对家庭的不舍等。

那个时候的周立三，已经是三个孩子的爸爸。这一去，势必要把家庭的重任全部交到了妻子柔弱的肩膀上，加上时局动荡，一个女子如何在颠簸的时局下稳住家庭的小舟？

这让周立三寝食难安，隐隐觉得愧疚。

妻子吕庆如怀抱着孩子，对丈夫周立三说："去吧，家里我能应付得了。"妻子明白丈夫的心思，作为一心想科学救国的周立三，怎么能放弃这个难得的学习机会？时局动荡，科学研究青黄不接时期，这时候让他出去进修，尤其珍贵。她不能因为自己拖了他的后腿，否则，丈夫多年的努力也将付之东流。

"家里有我呢。"妻子再次响亮地对丈夫周立三说。

周立三打点行囊，眼含着泪花，依依惜别了妻子。

周立三后来回忆留学时没有过多地讲述学习的不易，他也不怕留学路上的颠簸与艰难。当年，周立三去美国留学，先从南京到上海，然后坐船，大概半个月时间，到达美国旧金山。晕船的滋味实在难受，周立三吐得七荤八素。这点困难当然没有吓倒周立三。

美国威斯康星大学创建于1848年，学风严谨，学习竞争相当激烈，图书馆常常满座。学校特别注重学术研究，学术气氛非常浓厚，同时还拥有一批在国际上享有很高知名度的学者，这是一个求知和做学问的好地方。但让周立三失望的是，作为世界著名的大学，其排外情况比较严重。周立三对美国的种族歧视素有耳闻，这次是切身体会到了。

为了便于学习，周立三决定在校外租房子，他看到学校附近有不少挂牌出租房子的人家，可是等到他上前去咨询，人家就直接给他吃闭门羹，有的人更是直截了当地告诉他，不租给中国人——贫穷落后的黄种人。

周立三在回忆中说，弱国无尊严，个人同样也是没有尊严的。这份屈辱感一直伴随着周立三在美国的学习期间。他把这份屈辱化作学习的无穷动力，深入野外考察，或者终日泡在图书馆里，他用优异的成绩给中国的留学生长了志气。

学习结束，周立三以优异的成绩毕业，其在大学里的表现受到校方关注。学校向他伸出橄榄枝，邀请他留下来。有好心的人亲自跑到周立三的公寓，发自肺腑地对他说，中国正处于动荡时期，地理学科目前尚无用武之地，就留下吧。

周立三谢绝了他们的好意，毅然决然地说："祖国是我的根，我必须回去。"

第三章　保住中国地理研究所

Chapter Three

一、筹备地理研究所

周立三从中山大学地理系毕业后，面临的就是分配工作的问题。这对周立三来说，确实是个很棘手的问题。

周立三始终渴望找到一份专业对口的工作。

这不是源于周立三的执着，而是在他的内心，有着一团火。

周立三的内心之火，就是地理之火。这也是他的兴趣以及后来大学所学的专业。原先周立三只是对地理产生浓厚的兴趣，而经过大学几年的学习，已经把这点火星燃成熊熊大火，更促进他疯狂燃烧的是他科学报国的志向。这样的想法支撑着周立三坚持找一份适合本专业的工作。这不是生存的需要，完全是对中国地理学事业的热爱。

时任中山大学地理系主任的王益涯先生，对周立三这个优秀的学生早有耳闻，他不忍心看到这样优秀的人才学无用处——这不是对人才的浪费和糟蹋吗？他看好周立三，决定帮他一把，中国需要这样的地理学人才。

周立三毕业前夕，王益涯主任找到周立三，交给他一封推荐信。这使得周立三惊喜得要跳起来，甚至要给主任一个拥抱。在那个时代，一个地理学冷门专业的大学生，找起工作来，难度很大。现在，有了系主任这封推荐信，工作的事情有望迎刃而解。

大学毕业后，周立三拿着王益涯主任给他的推荐信奔向南京。正巧，发小万绍章就在南京的国立中央大学，两人重聚，格外亲热。

万绍章给他讲解了目前地理学的就业形势，并告知他专业对口的单位莫过于国民政府的陆地测量局了。这让周立三喜出望外，专业对口，可以更好地发挥自己的地理学专业才能，又能报效国家，这正是周立三内心的渴望。

不久后，周立三顺利地就职于陆地测量局。周立三怀着巨大的梦想和抱负走进了陆地测量局，然而，随着业务的熟悉，他发现自己所学的地理学野外调查之类的技能，在这里根本得不到施展，画图制图，成为他的主要职能。一个科学研究人员，怎么可以仅仅坐在办公室里，靠着计算和画笔制作这些毫无生气的地图！这让他分外郁闷。

后来，周立三的工作有了点变动，转到了国立编译馆做一名编译。国立编译馆直属国民政府教育部，负责关于学术文化书籍及教科图书的编译与教科书教学设备的审查事宜。周立三主要审查中小学理科教科书，以及编译地理名词。

这份工作，周立三虽做了几年，但仍旧对前途感到迷茫。

当时我国地理工作者大都偏重于编译，而实践考察甚少，恰如"足不出户而畅谈宇宙之妙"。朱家骅认为，"地理教育于课程分配，对于实践工作方面，未能集中力量多所表现，以引起社会之重视，是以设立以纯粹研究地理之机构，举办区域考察着重研究工作，实属刻不容缓"。1937年，中央研究院开始筹备中国地理研究所。但遗憾的是，随着抗日战争全面爆发，加上经费短缺，研究所未能如愿建立。

1940年，事情有了转机。时任中英庚款董事会董事长的朱家骅再次提出建立中国地理研究所，并给予资助。

周立三获悉这一消息后，按捺不住内心的激动。从技士到编译，这两份工作不是一个真正地理学人应该从事的工作。德国、美国地理学的发展，已经走在了全世界的前列。而我国的地理学则较为落后。科学技术落后，国力如何增强？周立三想立刻见到朱家骅，告诉他愿为地理学事业贡献自己的力量。

周立三不知道思考了多少个夜晚，煎熬了多少个不眠之夜，眼看着6年的时间，并没有倾注在中国地理学研究上，眼看着其他国家构建了科学的地理学体系，周立三日夜揪心。虽然，绘制地图、编译教科书也是有贡献的工作，但只是书斋里的活儿，不是真正的地理学人所从事的研究，没有完全反映出地理学的学术思想。如何将自己在学校所学到的区域地理学和野外调查方法应用到我国亟待发展的地理学事业上呢？

据中国科学院南京地理与湖泊研究所原所长、周立三的首届学生虞孝感回忆，周立三平时不苟言笑，言语不多，但是在重大事件上，从来不沉默，勇于建言。

周立三要直接求见朱家骅，为自己，不，为中国的地理学事业开口。他要求参加中国地理研究所筹建工作。

这一次没有让周立三失望。不久后，他转入重庆北碚，协助西北联合大学地理系主任黄国璋筹建研究所。

中国地理研究所的前期筹建做了大量的准备工作。所以，人们在谈到中国地理研究所时，总是给周立三这样的评价：中国近代地理研究机构建设的重要开拓者和奠基人之一。

研究所筹备之初，最大的问题就是缺少图书和仪器。专业图书，各类中外书籍，包括古书，尤其是线装书，对于科研来说，是何等的重要，其价值无法估量。这些，都得周立三想办法寻找、购买。至于仪器，比如制图、野外考察的必需器材等，有很强的专业性，在当时的条件下，国内生产很少，多数都得到国外去购买。周立三绞尽脑汁，想尽各种方法采购图书和仪器。他知道，缺乏必备的图书和仪器，地理学研究工作难以开展。

这期间，又来了两位研究人员——侯学焘和陈泗桥。两人分在了周立三的手下，负责地理文献资料的搜集。周立三语重心长地告诉他们，别轻视资料文献的搜集整理，这可是研究人员的命根子呢，现在所里最缺的就是图书资料。

周立三想尽各种办法，多方联系，派侯学焘和陈泗桥到图书资料丰富的中央地质调查所和中央研究院气象研究所的图书馆，查找中外杂志有关地理方面的文献。他们一本一本地找，一张一张地记录，然后回到所里，制作成卡片。几个月下来，谁也没有想到，这些制成的卡片，算下来多达几万张，为研究所提供了弥足珍贵的文献资料。

看着成堆的分门别类的卡片，大家都感动不已。其中的艰辛，只有周立三和他的助手知道；这些文献资料，饱含着中国地理学人的志向和情怀。

筹备工作异常艰难，周立三始终咬牙坚持着。在黄国璋和朱家骅的指导和帮助下，周立三啃下了很多难啃的骨头，这让他深深感到，不是他一个人在战斗，身后还有许多人在支持着崇高的事业。在重庆的每一天，对周立三来说都是充实的，他看到了一线曙光，属于地理研究的光亮即将破云而出。他期盼着胜利到来的时刻，却完全忽略了身边危险的存在。

那个时候，每天从山城上空飞过的，都是日军的飞机，一不留神，就会扔下炸弹来。一旦响起巨大的防空警报声，人们就要纷纷躲进当地的防空洞，等敌机飞走后再出来。这人心惶惶的日子，不知何时才是头。保命，成为人们唯一的选择。除了躲日军飞机，周立三每天最关心的还是中国地理研究所的筹建工作。敌机算什么？炮弹算什么？越是在国家存亡的时候，他越是要做好本职工作。他和同事们争分夺秒地工作着。

他们从4月份开始，一直忙到8月份。伴着日军的枪炮声和城市的警报声，中国地理研究所终于在重庆北碚成立，黄国璋任所长，初期20余人。由于周立三等人前期工作做得充分缜密，务实高效，使得研究所的人一到单位，手头上的各种科研工作就开展起来。

中国地理研究所创建不久，很快就发展到了四五十人。全所设置自然地理、人文地理、大地测量和海洋四个学科组。在筹办中国地理研究所期间，周立三始终不忘地理研究工作。他吩咐侯学焘和陈泗桥，无论条件多么艰苦，时局多么动荡，一刻也不能忘记为抗战做点事。周立三所说的事，就是为国家制作一些地图，便于国人了解战争局势。其时，日军已经入侵到南洋群岛和中南半岛。为此周立三分别制作了印度、缅甸、中南半岛和南洋群岛四幅地图。

与此同时，周立三准备编制经济地图集，这在当时国内是个崭新的研究领域。为了编好图集，周立三除了研读大量的文献资料，挖掘四川地理环境的点点滴滴外，还冒着炮火的危险，独自在四川地区开展野外调查。他和助手在重庆收集了5000余份资料。在他的指导下，助手按照周立三拟定的图册目录和表示方法，编成草图。3年后，《四川经济地图集》出版，这本图集包括72幅地图，内容涉及自然条件、人口、农业、交通、工矿、聚落等，是国内出版的第一本省级经济地图集。

二、留在南京

1948年，周立三出国留学两年后，回到了战火纷飞的祖国，回到了自己曾经熟悉的、历经四个月的艰辛忙碌而建立起来的中国地理研究所。此时的研究所已从重庆迁至南京。

1948年，这个时间非同一般，中国共产党领导的军队快要跨过长江。中国地理研究所人心涣散，面对新的局势，是解散，还是留守；是留在南京，还是迁去广州或者台湾？

最终，大家决定开会讨论研究所的未来之路。

面对这一幕，周立三感到分外难过。好不容易组建起来的研究所，经过多少次的磨难和阵痛，沙里淘金，到现在只剩下20来人。就这20来人，还即将面临四分五裂、各奔前程的局面。周立三有点无可奈何，一时间不知道怎么说才好，只好先听大家的意见。

大家意见不一，有想留守南京的，也有想迁去广州的。

轮到周立三发言，他从座位上站起来，直截了当地对大家说，愿意去广州的，他不反对，愿意留下的，他欢迎；反正他是不会离开南京的。他还说，他们是搞科学研究的，其目的是为了报效国家，应该多多思考如何通过自己的地理科学研究、考察，让自己的国家强大起来，让人民过上幸福的生活，这才是职责所在。周立三的发言，得到施雅风等人的一致肯定，他们决定跟着周立三继续留守南京。

后来，经过大家的商议，林超、罗开富、钟功甫、罗来兴、符严翼等10人去广州，决定留在南京的是周立三、吴传钧、高泳源、王吉波、施雅风、楼桐茂、郭传吉等9人，还有一部分如侯学焘、沈玉昌、孙承烈等人打算回老家。

周立三的留下，就像一根定海神针，在那时带给很多科研人员坚定的信心和希望。

周立三没有想到，大家一致要求他做领头人。尽管还有几分忐忑，但是周立三还是慨然应允，这是需要他出来担当的时刻，他既要对留下来的同事负责，也要对中国地理事业尽责。

周立三做的第一件事，就是保护好科研资料和书籍。书籍和资料可是研究人员的命根子。让他感到欣慰的是，留下的人中，有5位是研究人员，这也就是说，他们可以在南京继续做研究工作。经过周立三的努力，抗日战争时期积累的四川的部分资料和长江中下游的部分资料被保留下来，还有一批相关图书也留了下来。

在周立三的回忆中，那时候最难的就是生活物资的问题，几十口人的生活，都在周立三的肩膀上扛着。他决心咬着牙齿也要挺过去。

当时的中国地理研究所归属南京国民政府教育部，因为战争，科研、教育工作早已处于停摆状态，南京国民政府教育部也名存实亡，怎么会给他们下发经费呢？

周立三带领留下来的同事，首先开展自救。他指导同事们做好后勤工作，调整宿舍，腾出空房，采购所需的粮食，同时还给各家各户买来不少的煤球备用。

那段时间，周立三总是在地理研究所和南京国民政府教育部留守处之间奔走。在坚守科学研究之余，周立三总是抽空到南京国民政府教育部留守处，坚持不懈地帮大家讨要每个月的工资和生活费。

周立三的心是凉的。冷清的南京国民政府教育部留守处，他只能每天坚持来。有希望总比没希望好。为了留下来的同事们的工资和生活费，周立三想尽各种办法，说尽了好话，最怕求人的他，此时也是放下身段。后来，事情出现了戏剧性的转变。

谁也没想到，后来，南京国民政府教育部留守处的负责人，居然是周立三的发小万绍章。在他的帮助下，地理研究所人员的生活问题得到妥善解决。

政治形势瞬息万变。国民党兵败如山倒。1949年4月，南京城解放了！大街上，人们欢唱着"解放区的天，是明朗的天"，路两边的商店和墙壁上，写满的是"欢迎解放军，拥护共产党"的大字标语。

周立三长长地松了一口气。

周立三在历史特殊的时期，和地下党员施雅风等人，用自己的力量团结留下来的同志们，设立中国地理研究所南京工作站，为保存新中国地理研究机构和有生力量做出了历史性的贡献。

三、地理研究所的"凤凰涅槃"

1949年4月后,南京市军事管制委员会(简称军管会)下设的文教接管委员会(简称文教管委会)接管了中国地理研究所。文教管委会负责人以文件的形式告知各大文化研究机构,维持中华人民共和国成立前留守人员现状。当周立三听到留守人员一律留用,且继续发给大家生活费时,内心一块巨大的石头终于落了地。

其时,施雅风面带微笑,他早已知悉这一切。

后来周立三才知道,同事施雅风是中国共产党地下党员。这次研究所多名研究人员留守南京,施雅风功不可没。这让周立三又惊又喜,脸上露出了久违的微笑。周立三对留守南京的研究人员生活和工作的担忧,对中国地理学人才以及中国地理学事业的忧虑,现在都可以放下了,他怎能不感到欣喜和激动呢?当时中国唯一的地理研究所,就这样保存下来了。周立三深知其中的艰辛。

尘埃落定。留守南京的中国地理研究所研究人员顺利被党接管了，生活和工作均有了明确的安排，大家的后顾之忧解决了。接下来就是全身心地投入研究工作。

周立三立即召集留守人员开会。会上一方面传达了党中央的各项文件政策，学习为人民服务的精神，扬弃旧社会的腐朽思想，尤其是地理学界的门户之见，探索地理学新的发展道路；另一方面讨论形成了地理研究所近期的工作内容。在周立三的内心里，始终有一根弦一直紧绷着，那就是地理学如何才能为国家服务。

周立三在会上对大家说："现如今国家百废待兴，正是需要大兴建设，咱们的地理学也应该围绕国家建设而开展工作。当下面临的就是民众的吃饭问题。如何发展经济？作为地理学人咱们该如何为经济发挥应有的作用？"以发展经济为目标，开展地理学研究，成为大家当时的共识。

这确实是了不起的安排。在这样的时刻，谁不在焦灼观望，或者等待着新的安置政策，谁还有心思从事科学研究？但是，周立三等人，不仅埋头科研，还要干出成果来。大家在周立三的带领下，积极参加南京市人民政府组织的城乡经济关系的调查任务，迅速展开科学研究，决心尽快产出新的科学成果。

中国地理研究所又恢复了往日的平静。所里的研究人员已经投入紧张的科研工作中。手里有课题的，就继续加紧做下去：施雅风之前研究的"川东鄂西区域发展史"，还有钟功甫的"川东鄂西土地水利调查"等，雏形已有，需要的是尽快形成成果；高泳源等的"四川合川县方山景观"等，已经形成初稿，还要继续充实修改。而暂时手里没有课题的楼桐茂、吴传钧等人，迅速结合南京市的地理环境，自拟研究课题，如楼桐茂的"六合县的地方经济"、吴传钧的"南京市上新河的木市"，他们不顾夏季的阳光毒辣、交通的困难，深入南京郊区各县，开展地方调查研究。

周立三也没有闲着，结合当时国内学习苏联的经验模式，他和吴传钧、高泳源三人合作，开展对苏联地理分布图志的研究，以期通过对苏联成功经验的学习，为新中国建设提供科学的参考。

为了把同志们的成果早日转化出来，周立三东奔西走，向军管会专门申请了一笔不大的出版经费，由吴传钧负责，编辑出版了《地理》杂志合集。这一《地理》杂志合集，是1949年地理学界独一无二的出版物，这和后来周立三等人合作编辑出版的《苏联新图志》一样，都具有历史性的意义，是中华人民共和国成立后出版的第一套地理图书。

科研成果必须要服务大众。一次中学老师的会议上，周立三偶然得知地理教师目前面临的困难是，没有一份可以供他们自我学习的专业性期刊，很多新的地理学成果得不到补充，知识结构出现断层。

创办一份期刊谈何容易。周立三回到所里，立即和同事们讨论起来。地理学研究成果，不能及时推介和发挥它应有的作用，束之高阁，与没有成果有何两样？周立三决定创办《地理知识》杂志，推选李旭旦教授担任杂志主编。

这份杂志经过军管会审批后，首印600册。杂志一出版，迅速获得地理学界的普遍好评。上海亚光与地学社主动与编辑部联系，要求出资承印，扩大发行，解决了该杂志不能长期出版的问题。杂志出了几期后，编辑部接到了中共中央办公厅的来信，以为出什么严重的问题，他们怀着忐忑的心情打开信件，结果令人欣喜，原来是中共中央办公厅对杂志表示赞扬，还要求提供几期样刊。这一事件让周立三、李旭旦等人又惊又喜，对继续办好这份杂志信心大增。

经过研究讨论，周立三等人就杂志的发展初步形成了几条建议：一是以后杂志每个月都要召开一次编委会，商量约稿和审稿事宜；二是把编辑部设立在地理研究所院内。周立三表示，他自己不仅要经常参加编委会讨论，还要给杂志写稿子。后来，《地理知识》上刊发了周立三的《天山南北》《新疆的民族》《蒙古人民共和国》《生产力的合理配布》《新中国少数民族地区的新面貌》等许多重要的文章，《地理知识》杂志的影响越来越大。

成果和喜讯不断地涌入中国地理研究所，准确地说，应该是中国地理研究所南京工作站。但是喜讯并不能化解周立三新的隐忧。因为目前的地理研究所并不完整，将来何去何从？

苍天从来不辜负有心人。1949年7月，周立三得到一个千载难逢的机会，他应邀去北京参加中华全国自然科学工作者代表会议筹备会议。

大会上，周立三不仅聆听到吴玉章、徐特立、叶剑英的报告，还有周恩来同志作的透彻阐述科学与政治、理论与实践等问题的长篇报告，周立三被建设强大新中国的信心所感染，他按捺不住自己内心的喜悦，由此想到了中国地理研究所的归宿问题。

慎重起见，周立三会后找了几个老朋友商议，他想给领导提出地理研究所归属中国科学院的意见。这也符合当时苏联科学院的机构设置模式。周立三的这个意见得到了大家的一致赞同。

事情变得越来越顺利。后来，中央人民政府组建的各部委机构中，果然有中国科学院（简称中科院），而且公布的副院长名单里面，有科学家竺可桢、李四光等人。消息传到地理研究所后，大家都沸腾了，一致推选周立三为首，联名给竺可桢写信，陈述地理学应得到发展、地理研究所应该由中国科学院接收和管理的建议。

此事得到上级的高度重视，事隔一个月，中科院副院长竺可桢亲自来到南京，详细了解了原中央研究院与各地学单位的情况。第二天，竺可桢副院长来到地理研究所，周立三向他详细地汇报了情况。

不久后，中央政府派出以董必武副总理为团长的接收工作委员会华东工作团南下，中科院办公厅领导和秘书长等随行来到南京，经过座谈后，同意地理研究所归属中国科学院。但是考验周立三的事情还在后头呢。

中科院经过一番调查，发现地理研究所的人员和设备太少了，必须重新筹备。

为此，地理研究所成立了筹备处，竺可桢兼任筹备处主任，副主任由华东工业部工业经济研究所副所长黄秉维兼任。周立三是17个筹备委员之一。

筹备处的成立，让周立三处于一种喜忧参半的心情中。他察觉到地理研究所的发展遇到了困境。目前虽然并入了中国科学院，但能不能单独成为一个研究所，还是个未知数。

周立三是个认真严肃的人，他认准的事情，总是排除万难也要进行下去。

周立三那段时间是在煎熬中度过的。他一有时间就扑在科研工作上，让他感动的是，他不是一个人在战斗，不是一个人在为中国的地理研究所而奔走。中科院副院长竺可桢，不仅是著名地理学家，更是一位充满无限情怀的领导。在他的关心下，第一次地理研究所筹备会议随即召开。会议决定把研究所分为三个工作组，即周立三负责的普通地理组，方俊负责的大地测量组，曾世英负责的制图组。此外，竺可桢副院长还给所里交代了科研任务，这让周立三重又燃起了希望。竺可桢副院长在会议上明确指出，普通地理组目前的任务，一是对南京市附近的土地利用进行调查，二是对黄泛区的地理环境进行调查，这两项工作已经由吴传钧、徐近之等人着手进行；大地测量组接受的是铁道部的任务，即对铁路沿线工程地质进行勘探和经济调查；制图组则定位编制中国1∶1000000的地形图。科研，就怕没有任务；没有任务，那就说明研究机构的存在可有可无。这些任务的布置，说明国家对地理研究所还是充满期待的。只有地理研究所发挥出其价值，才能给予其应有的地位。周立三下定决心，带领大家干出样子来。

喜讯不断地传来，研究所的研究队伍在不断地壮大。原先迁到广州的罗开富、罗来兴，回家探亲的孙承烈、沈玉昌都回来了，还有一批新调入的技术人员和行政人员也陆续到来，让研究所职员人数达30来人。旧同事的归来以及新同事的加入，让周立三信心满满。

筹备到了关键时刻，出于对筹备任务的牵挂，竺可桢副院长再次来到南京。他详细地倾听了周立三的筹备工作汇报，并将研究所上上下下走了个遍。竺可桢副院长参观图书馆后，发现馆内图书数量少，连基本的工具书都不足。他当场将自己的百衲本《二十四史》（共860册）赠给了地理研究所，后来还把上海王氏所藏的方志2628种（共24934册）全部购置齐，并放在了研究所图书馆。为了充实大地测量组的设备，竺可桢又为大地测量组带来了天文钟和等高仪，充实了设备。

竺可桢副院长告诉大家，地理研究所的根本任务就是为人民服务，让地理学的科研水平努力赶上发达国家水平。只有地理学者做出成绩，才会受到社会的重视。

在竺可桢副院长的大力支持和精心指导下，1953年中国科学院地理研究所正式成立，黄秉维任所长，周立三任副所长。这终于圆了中国地理人的梦想，中国的地理学踏上了新的征程。在这个过程中，周立三功不可没，为中国地理事业发挥了巨大的推动作用。此后，中国地理学的大门必将盛大开启。

后来，在中科院的组织下，中国地理学会成立，并在北京举行了第一届会员代表大会，周立三在大会上做了题为"三年来地理学工作者怎样为国家经济建设服务"的报告。

1958年，按照国务院的决定，黄秉维带领部分地理研究所人员从南京迁至北京。周立三和部分人员留在了南京，另行组建了中国科学院南京地理研究所（后改为中国科学院南京地理与湖泊研究所）。

第四章　新疆是个好地方

Chapter Four

一、辽阔的新疆

"我们新疆好地方啊/天山南北好牧场/戈壁沙滩变良田/积雪融化灌农庄……麦穗金黄稻花香啊/风吹草低见牛羊/葡萄瓜果甜又甜/煤铁金银遍地藏/……"优美的歌声，传唱在美丽富饶的新疆。

新疆从昔日的戈壁荒滩到如今的瓜果飘香，离不开国家对新疆经济建设的大力支持，离不开无数地理学家对新疆的辛勤付出。经济发展的背后，有着无数像周立三一样默默耕耘的科学工作者。

新疆维吾尔自治区，全国面积最大的省级行政区划，地域面积约有三个四川省那么大，自然资源丰富，蕴藏着国家经济建设的巨大潜力和空间。从综合开发远景看，新疆有足够的条件建成祖国西北地区规模巨大的工业中心，形成一个较完整的经济体系。

早在1944年，周立三参加西北科学考察团，深入新疆开展考察工作。

西北科考，对周立三的影响是空前的，这也是他从此走上地理学研究高峰的重要里程碑之一。

这是西北科学考察团第三次进入甘肃、新疆进行实地考察。

西北科学考察团，又叫中瑞西北科学考察团，源于瑞典地理探险家斯文·赫定。

在瑞典，斯文·赫定的名字，妇孺皆知。他与诺贝尔一样，是瑞典国宝级科学家。他自幼受极地探险家诺登斯科德的影响，探险成为他人生的目标，后来又师从德国地理学家李希霍芬。李希霍芬，德国地理学家、地质学家，近代中国地学研究先行者之一，曾经游历了大半个中国，撰写了五卷本的巨著《中国》。这本书是第一部系统阐述中国地质基础和自然地理特征的著作。在该书第一卷中，李希霍芬提出了"丝绸之路"的概念。李希霍芬的研究方向，对斯文·赫定产生了极大影响，周立三所在的中山大学地理系的两位德国地理学家，也正是在李希霍芬的影响下来到中国。

斯文·赫定对中国腹地充满了浓厚的兴趣，他在对中国西北的四次考察中，取得了瞩目的成果，楼兰古城就是他发现的。他一直希望率领一支庞大的考察队，对中国西北部那块神秘而荒凉的土地进行考察，以期发现更多不为人知的秘密。

1926年，德国汉莎航空公司计划开辟从柏林到北京、上海的航线。开辟一条跨越欧亚的远距离航线，需要预先考察沿途的地理、地貌和气象情况。曾经四进四出中国西北腹地，有着极高声誉的大探险家斯文·赫定是率领这支考察队的最佳人选。尽管斯文·赫定当时已经年过花甲，但他还是毫不犹豫地接受了汉莎公司的邀请。但是，这次考察遭到了中国知识分子的抗议和抵制。原因是当时的中央地质调查所与斯文·赫定签署了考察协议（简称"翁—斯协定"）。

协议内容传出后，引起了我国学术界的强烈不满，争议最大的是其中的两点："一、只容中国两人负与中国官厅接洽之义务，限期一年，即须东返；二、关于将来采集之历史文物，先送瑞典研究，待中国有相当机关再送还。"而且有消息称："斯文·赫定将组织大规模远征队，赴我国西北各省，考察地质，并特别注重采集古物，拟用飞机将所得之材料运往国外。"这更是激起了许多中国学者的义愤。

为此，中国学者在刘半农的召集下，共有清华学校研究院、历史博物馆、京师图书馆等11家学术机构的20名代表，在北大三院召开会议，组成中国学术团体协会。为首的沈兼士、刘半农、徐炳昶等学者，对该协议极为不满，认为这种协议"有碍国权，损失甚大"。因为中国学者的抵制，斯文·赫定不得不同意了他们的全部要求。

我们从过往的敦煌莫高窟藏经洞遭劫掠等历史事件中略有所知，清末，欧美的一些探险家，随意深入我国西北腹地，考察我们的大漠绿洲、湖泊盆地。他们不但考察地质矿产、挖掘古生物化石，更令人无法容忍的是他们盗取了许多文物。其中，最臭名昭著的就是斯坦因、伯希和等人对敦煌的掠夺。著名历史学家陈寅恪曾感叹："敦煌者，吾国学术之伤心史也。"有人说，近代中国西北的科学考察史是一部让国人伤心的历史。

而这次的捍卫，对中国人而言意义非凡。中国学术界第一次捍卫了自己的学术主权，结束了清末以来外国探险家在中国任意掠夺文物，如入无人之境的状况。刘半农甚至戏称，这是一次"翻过来的不平等条约"。某种程度上，西北科学考察团为此后中外合作树立了典范。

西北科学考察团分为两组，一组深入甘肃的河西走廊一带进行地质考察，另一组到新疆考察。作为地理学研究者、野外考察的忠实实践者，周立三是满心欢喜和激动的。他要去新疆，实地看看广袤的新疆是怎样一番自然地理状况，将要如何被开发成实业救国之地。

周立三跟随地理地质组，深入新疆阿勒泰、塔城、伊犁等地区开展考察。他在考察中亲身体验了西北恶劣的自然条件：气候干燥，土壤贫瘠，沙漠戈壁面积广大，植被覆盖率低。一旦荒漠上刮起大风，飞沙走石，遮天蔽日，终日不息，阳光暗淡，远处的村庄就好像在云雾里一般。

西北科学考察团自1944年从重庆出发，先后考察了陕西、甘肃、宁夏、青海、新疆五地，考察队汇集了各方面专家，几乎都是当时顶尖级的学者。

这一次西北科学考察，对中国学界来说，成果巨大。丁道衡发现了著名的白云鄂博大铁矿。勘察结果表明，白云鄂博富含丰富的铁和稀土，其中稀土储量居世界第一。袁复礼在北疆共发现4个化石点，5个化石层位，72个古脊椎动物化石个体，其中包括"袁氏三台龙""袁氏阔口龙"在内的10个新物种，引起了国际学术界的轰动。考古方面的最大成果，当属贝格曼在弱水发现居延汉简。居延汉简与殷墟卜辞、敦煌文书，合称为20世纪上半叶最重要的三大考古发现。还有在罗布泊发现的小河遗址，霍涅尔和陈宗器对罗布泊的调查以及郝德等人收集的气象地理资料，对中国西部的经济建设起到一定作用。

周立三对新疆的野外考察印象是深刻的。

从南疆到北疆，直线距离达2000多千米。考察工作是相当艰难的。但是，周立三怀着浓厚的兴趣及作为地理工作者的责任，从准噶尔盆地穿过天山直到塔里木盆地北麓的阿克苏，做了长达数千千米的线路考察。

这样艰苦的考察工作，周立三不是第一次尝到其中的滋味。那是周立三在中国地理研究所的第四年。那时候的重庆中国地理研究所已经趋向衰落，一方面是战争的原因，动荡的时局给科研工作带来不确定的因素，人心浮动；另一方面，当时研究所的另外两个小组即海洋小组和大地小组，已经迁离北碚，研究所只有40来人。当时的情况使得科学研究人员的积极性不高，这也是在所难免，有些人心思浮动，见异思迁。而那时，周立三始终坚持在野外考察的第一线。

外面的世界是山河破碎，家园被毁，炮火连天。就是那样，周立三见缝插针，一有机会就去野外科考。周立三利用在重庆北碚的那段时间，自拟了两项野外考察项目：一个是对成都平原东北部的农业开展野外调查，另一个是"战时移民地理研究之一例——北碚附近战时移民之分布与特征"的研究课题。

我在周立三《成都平原东北部农业地理》一文中读到，作为我国农业经济要区之一的成都平原，面积达8000平方千米，"川交错，田畴弥望"，历史上就是以富饶著称。周立三以成都平原的东北部为考察对象，从土壤、地势、水系、灌溉、农作物以及人口分布、交通便利程度、商铺等诸多方面开展研究，得出了成都平原的农业发展基础是优越的自然环境和人文因素的历久结合，灌溉水系与制度的互补等农耕经济形态特色。他的地理学研究，定位于农业地理。这想必与周立三童年的生活经历有关，或者是在对地理的研究中，执着地认为，地理学必须要服务于经济发展，经济发展才能改善民生。这就是周立三的地理学观点，也是地理学的意义之所在。

周立三的另外一个野外调查课题是"战时移民地理研究之一例——北碚附近战时移民之分布与特征"。周立三在该课题的引言中写道："溯自抗战开始以后，凡战区及其附近地带人民，迫于锋镝，陆续大量向后方诸省移居，形成历史上空前之一次大移民运动。此种人口移动，对于目前以及将来之社会、经济、文化影响自必至巨；今就地理学观点论之，……似不外乎下列诸端：（一）移民来自何地？其性质若何？（二）移民之居住区及其分布形式。（三）移民如何适应新地方环境以求生活？（四）移民入住后对于当地之地理景观有何变化？"

在新疆接近两年的野外考察时间里，周立三的每一天都是充实的，即使遭遇风沙、饥饿、死亡等种种考验，他都坚强地挺过来了。按照周立三的理解，新疆，顾名思义就是一块崭新的地域，实则正待人们开疆拓土。想当年，这里是汉唐盛世的西域，新疆的再次复苏之日，就是国家强盛之时。新疆的经济建设，举足轻重。但现实的新疆确实让周立三寸步难行，交通不便就是其发展的第一障碍。新疆几乎与内地隔绝，这与它的地形、地貌有关。新疆南北为广阔的两大盆地，中间隔着天山山脉。很多时候，周立三和同事们都是靠着骆驼前行的，遇上风沙就窝在山坳里，须待大漠风沙一过，才可继续考察。

交通不便，环境恶劣，让周立三不得不依靠脚力，走过焕彩沟、达坂城、卧虎不拉沟、铁门关、果子沟等地方。不管是天山山脉还是准噶尔盆地，山坡还是沙漠，南疆还是北疆，始终都有周立三的身影。他就像一个大地的使者，一块在风沙里屹立的石头，定格在新疆的天山南北。

周立三站在博格达峰下，看着天山。经过考察，他发现新疆虽然资源丰富，但是没有发挥其应有的作用，如水资源、林业和畜牧业，还有无数的矿藏等待着被开发。也就是说，新疆具有独特丰厚的地理环境，但经济上还比较落后。

周立三计划从新疆的全局出发，立足交通进行实地考察，他已经开始思考在南疆、北疆等独特的地理环境下，如何建造服务于辽阔新疆的铁路，然后依托铁路，加强与内地的联系。随着考察的不断深入，周立三发现新疆问题很多，诸如经济落后、教育贫血等。周立三的想法也随之发生改变，不只是交通问题，主要问题是地广人稀的新疆，其资源没有尽其所用。

例如新疆的水资源。水资源对新疆来说应该是宝贝。可是在对新疆农业、牧业的经济考察中，周立三发现新疆本来雨水稀少，降雨量严重不足。但是每年雨水多寡，与当地农作物的收成无关。原因是新疆等地没有蓄水的渠道，雨水白白地流走。农作物的灌溉用水多来自山上的雪水，这流淌下来的雪水亦没有好好利用，不仅造成水资源的浪费，还带来水土流失、土地肥力的流失等问题，反而成为一种农害。牧业上，一方面过度放牧，造成草原地皮的损伤，缺少了对地面草皮的保护，随着大漠狂风的侵蚀，成为不毛之地；另一方面由于对土地没有节制的开垦，也使得大量草地变成耕地，耕地变为废地。

新疆犹如一个聚宝盆，然而聚宝盆里的不少人却束手无策，根本不知道宝在何处。新疆的工业原料甚多，如南疆吐鲁番、库尔勒等市的棉花，莎车等县的棉花，天山北坡和阿尔泰山的木材，以及遍地皆产的天然盐碱等，均是工业上的好原料。当然，还有天山附近的石油、煤矿资源以及其他稀有金属资源，这都是新疆未来工业的基础。周立三对新疆的资源、经济、民族和社会有了深刻的了解，尤其是对资源和经济有了一定的思考。他认为要改变新疆落后面貌，振兴经济才是必要之路。

从新疆回来后，周立三不久就完成了一篇内容翔实、针对性很强的关于新疆经济的思考文章《新疆经济建设之刍议》，这篇调研文章后来发表在1945年《边政共论》的第一期，他在报告中客观地分析了新疆的现状，“然即目前之新疆面积，仍为全国最广阔之行省。已知大于四川三倍有余……但全省水源尚未尽其利，林牧犹未尽其用，矿藏更未尽其发，则新疆将来发展之新前途，实不容吾人忽视”。这篇文章中还提出许多至今仍然有参考价值的观点，如新疆建设首要的是交通，保住了水就有了土，工业移民重于农业移民，优先发展轻纱工业、边民的普及教育，等等。

新疆是一个巨大的资源宝库，周立三感受到新疆的辽阔和深邃。他决定把考察的范围缩小，缩小到区域研究，以哈密作为考察对象。连续好几个月，周立三都待在哈密，骑着马或骆驼，把哈密的角角落落走了个遍。位于新疆东部的哈密，自古就是丝绸之路的咽喉，有“西域襟喉，中华拱卫”和“新疆门户”之称。像哈密这样，在极端干燥的区域内，经常有水草，可集约灌溉农耕，能满足人类居住的地方，在地理学上称为“绿洲”（由英文oasis而来，那个年代的中译名为“沃洲”）。

从面积上讲，哈密是渺乎其小的，而且又是平凡的，丝毫不会引起人们的重视。但是，如果从地理位置来看，这狭小的绿洲，却具有战略上的重要意义。它的位置分明就像是海洋运输港上的一个中继港，横贯东西的甘新公路就是从这里穿过。当时，哈密西边最近的一个城市就是鄯善，东南最近的城市是安西，两者相距在300千米以上。哈密，成为两座城市之间的聚散要点，只要进入"沃洲"的人，都会在"沃洲"逗留数日，然后再进行远行。

周立三在考察报告中指出，哈密是"沃洲"，其根源就在于哈密的地理位置。哈密孤立在这辽阔孤寂的区域之中，成为远行者的唯一聚散之地。至于商贾、物流自然也会落脚哈密，舒缓贫乏，补给体力。周立三不但从地理位置上指出哈密是沙漠"沃洲"，还从哈密的自然景象、水利灌溉等展开考察，实践证明哈密是当之无愧的"沃洲"。

哈密处于干旱地区，终年雨雪稀少，即使有雨，也多属于对流阵雨，在气温甚高的夏季会迅速蒸发。自然雨水对哈密影响较小，但是哈密的地势，会带来一定的水量。哈密的北面是一个连续缓泻的山麓平原，一直延伸到山脚下，地面上的物质，在冲击中形成一片细小而深厚的沙土。东面是山峦，海拔上千米，形成一道天然的峻拔崖壁，山上终年积雪。高山上融化的雪水流下来，形成了20余道溪流。雨水的缺失则有高山上的雪水补给，量虽然不大，但是却足够。同时哈密因为地势低平，大部分区域土壤厚实，未受到淋溶，肥力颇强。这里的植物在充足阳光的普照下，病虫害很少。由于哈密耕地灌溉不依靠自然的雨水，其耕地面积据1943年统计，正式纳粮的田亩有60多万亩，其他非正式的粮田则没有算。而就这些非正式的粮田，由于收获不定，当时周立三估算，大约有150万亩。

周立三发现，哈密人民不仅会利用雪水，还会利用地下水灌溉农田。地下水的灌溉，以坎儿井最有效果。坎儿井，大体上是由竖井、地下渠道、地面渠道和"涝坝"（小型蓄水池）四部分组成，春夏时节有大量积雪和雨水流入山谷，潜入戈壁滩下。人们利用山的坡度，用地下潜流灌溉农田。

周立三对新疆哈密坎儿井以及水资源的考察发现，为中华人民共和国成立后对新疆的再度考察，提供了大量宝贵的经验。他的考察报告《哈密——一个典型的沙漠沃洲》，以区域地理的研究方式，为新疆经济建设提供了很好的参考标本。同时，周立三的区域经济地理学，为我国疆域辽阔、地形多样的野外考察，提供了一种科学合理的研究手段。后来周立三的学生虞孝感专门撰文指出，周立三的区域经济地理规划和区域发展思想，跟欧洲同步，体现了周立三理论的超前。

实际上，在世界地理学史上，首先进行区域地理考察的正是德国地理学家李希霍芬，他曾对中国地质进行了长期的考察。从1868年9月他到中国进行地质、地理考察，直至1872年5月，将近4年的时间，走了大半个中国。《中国》这套巨著，是他数年考察的丰富成果，对当时及以后的地学界都有重要的影响。

李希霍芬是近代早期来华考察的地理学家中极为突出的

一个。他的中国地理考察，历时较长，不仅积累了大量丰富的地理资料，还发表了很多论文，出版了一系列关于中国地理考察的著作。他为中国地质、地理之研究，做了奠基性、开创性的贡献，尤其为当时的中国带来了近代西方地学甚至整个自然科学的思想和方法，他是近代中国和西方国家科学交流的重要先驱，对近代中国地质学、地理学的产生和发展具有重大影响。

西北地域范围，在整个近代尚没有一个界定，一般认为陕、甘、青、宁、新五省区为西北之范围，这里是我国历史上最早开发的地区之一。历史上许多朝代以及若干地方割据政权都十分重视对西北的建设。后因海上丝绸之路的兴起，特别是民族纷争、战乱频仍等原因，政治、经济重心逐渐南移，曾经盛极一时的"丝绸之路"逐渐衰落了。抗战爆发后，东部沿海相继沦陷，农业经济遭到了严重破坏，为满足抗战对棉粮的需要，南京国民政府开始将眼光投向比较闭塞落后的西北，将"开发西北"付诸实践。

而周立三对西部新疆的考察成果，由于种种原因，直到20世纪50年代才凸显出来。

二、揭开新疆的神秘面纱

在周立三的内心，那簇叫新疆科考的火焰，始终在燃烧，无论面对什么困难，他都没有停下地理研究的脚步。他相信，属于新疆的春天终会来到。

1949年后，国家开展了大规模的经济建设。经济建设如何布局，国土资源如何科学合理地规划，这是摆在国家面前的实际困难和挑战。当时，国家初步考察西北部、长江流域等经济建设的关键区域，也就是说，国家已经看到了新疆经济的巨大前景，正拟订经济建设规划。

周立三知道这一情况后，精神振奋，按捺不住内心的激动。这就是周立三，每逢大事有担当，不再是那个埋头致力于研究的科学工作者。中华人民共和国成立后，国家正是到处用人的时候，知识分子尤其需要发挥自己的才智，为国家建设出力。更让周立三激动的是，国家把新疆作为经济建设的一个重点，这与周立三的野外考察结果一致。周立三的远见性、战略性开始逐渐浮出水面。

"科研为生产服务""理论联系实际"，这是周立三多年来在地理科学与经济之间的指导思想，科学研究必须为国民经济服务，这是周立三毕生的追求和梦想。他开始给国家有关部门写信倡议，凭借自己抗战前对新疆历时半年的野外考察，根据国家经济建设规划，他认为现在迫切需要对新疆这块广袤的土地展开全方位的综合考察和深入研究。

周立三关于新疆野外考察的申请，首先得到了中国科学院副院长竺可桢的赞赏和支持，这让周立三的内心拂过阵阵春风。

竺可桢作为地理学的门内人，他对周立三在国家经济建设的紧要关头，能够扛起一个科研人员的重担，甚为赞赏。对新疆开展野外考察，不是一般的野外考察，边地新疆的恶劣环境、艰苦条件不是常人所能接受的。南疆到北疆距离遥远不说，就是荒漠上的狂风、沙尘暴等，碰上都够呛，缺水更是个严峻的问题。

周立三没有考虑这些问题，在他心中，始终是把国家和人民的需要，当作自己的科研目标和方向。国家批准了周立三的申请，任命土壤学家李连捷教授为队长，周立三为副队长，组建中国科学院新疆综合考察队。后来李连捷教授因个人原因不再担任队长，周立三继任。考察队连续5年开展了对新疆的自然资源、社会经济条件和农业布局全面而系统的实地考察。

这是一次史诗般的综合考察，对新疆的科考，就是对生命的严峻考验。但是，科学为国民经济建设服务，这是科学赋予周立三的使命。

在新疆辽阔的版图上，周立三一行人，就像流动的沙石，起起落落在新疆地域的深处。他们是科学奏响的铿锵音符，是叩响荒漠、古城、天山山脉以及准噶尔盆地、柴达木盆地等地的鼓点。广阔的新疆，等待着他们的呼喊与唤醒。

周立三和同事们扑倒在新疆的怀抱里，从阿勒泰到库尔勒，北疆到南疆，由白天到黑夜，从这个盆地到那个盆地，从野草到树木，从雪山到地下水，从草地到牲畜，不放过任何一个值得考察的地方。

在哈密，周立三完全把自己抛在那里三个月。对哈密的人力、水资源和农业等进行全方位的考察，他想找到新疆经济建设的一个突破口，或者一个标本。中国资源丰富，只有进行区域性的地理研究，才能富有成效地开启中国经济地理学的大门。

为此，周立三曾呕心沥血地写下一系列关于新疆经济建设的文字，遗憾的是，资料已遗失。

往事让周立三非常痛心。

这次新疆综合考察队与西北科学考察团最大的不同是，虽然考察队伍中有少量的苏联科学家，但是考察以中方为主。考察工作涵盖土壤、地貌、气候、水文、地质、植物、动物、农业、畜牧和经济地理等学科，目的在于全面了解新疆地区的自然状况，研究农、林、牧、水利为中心的自然条件和自然资源合理利用及生产力配置，工作重点主要偏重于农牧业。考察队员由初期70多人，后来增加至200人，参加新疆考察工作的有中科院相关研究所（土壤、植物、地理等研究所），以及北京大学、北京农业大学、江西农学院、新疆八一农学院、新疆畜牧兽医研究所、新疆水利厅、新疆农业厅等单位。

考虑到新疆面积广大，研究对象也很复杂，周立三要求考察队着重以农业、牧业和林业为中心的自然条件和资源合理利用以及生产力配置作为主要任务，考察范围北起阿尔泰山、南迄昆仑山，在140万平方千米范围内进行。周立三和行政队长于强同志同心协力，不仅要领导组织好这样的考察队，结合新疆实际需要团结合作、发挥各家所长，同时还得照顾好苏联科学家的生活事宜，任务艰巨。

这是周立三第二次去新疆了。曾经对新疆进行过全方位的考察，写下多篇学术论文的周立三，也算得上是个"老新疆"了。但是在新疆复杂的地理环境面前，周立三仍然把自己当作小学生，依然保持着浓厚的兴趣和严谨的考察态度走过新疆的每一个地方。他仍兴致勃勃地在实地观察并记载第一手资料，分析自然条件和当地的经济发展变化。

新疆是个干燥的地区，98%的农田都需要依靠灌溉才能耕种，加上山麓地带广泛分布着粗颗粒物质的冲积扇，渗漏蒸发很严重，引水渠道通过沙漠戈壁，损水量很大。全疆水土资源分布不平衡。这些因素给周立三和考察队摆出了第一道难题，那就是新疆的水资源，如何进行发掘和合理利用。

水资源是新疆考察的第一等大事。参加西北科考团时，周立三已经对新疆的局部水文有了一定的了解。但是新疆的水文情况非常复杂。水的来源，就地区来说也是各不相同。这次考察，周立三和考察队重点考察了北疆玛纳斯地区。中华人民共和国成立后，该地区厂矿企业逐渐增多，水利工程也修建了不少，正确利用水资源，对进一步发展农业，扩大灌溉面积，建设水库，设计渠系和城市工业用水都有着重要的意义。这个地区的河川径流成分复杂。我们知道新疆河流的水，大部分是依靠雪山融水，但是北疆的河流呈现多样性，有的是以冰川积雪融水为主的，有的是以冰雪和降雨为主的，也有的是以地下水为主的。为了弄清水系的源头，周立三带领水文组上雪山，采集样本，或者沿河流而下，找出河流的成因，有时躲闪不及，还会在干旱的地区遭遇一阵急雨。

陪同的有新疆水利厅的同志，他们目睹周立三作为一个科学家，躬身在新疆的山川河流旁，有时甚至要站到河水中，攀爬到山顶上，进行标本的采集工作。尤其是翻越天山，对于年轻人来说，都是一件令人头疼的事。周立三跟着考察队员们，一起攀登在山峦上，为北疆获取关于水资源的第一手资料。

对于周立三来说，考察北疆的水文情况，只是第一步。一个成熟的地理学考察，不只是记录当地的文字材料，发现其中的问题，更为重要的是要解决发现的问题，这才体现科学的价值与意义。周立三和考察队在南疆考察中，发现南疆焉耆和库尔勒地区的水资源分布不平衡的情况，北部焉耆的开都河流域是地少水多，而南部库尔勒地区是地多水少。开都河的水流入博斯腾湖时，一半的水量都在途中蒸发了，还造成焉耆地下水排泄的困难，时间长了土壤严重盐碱化。

周立三决定要解决这个难题，他觉得这是他们科考者的责任，不能眼看着土地就这样变成盐碱地。周立三请来了当时随队的苏联科学家，就开都河的问题展开讨论、研究：怎样找到一个科学合理的办法，既解决库尔勒地区水少的问题，又解决焉耆地区的土地盐碱化问题？

据考察队的石玉林回忆，那段时间周立三很少睡觉，睁眼闭眼都在思索着这个难题。白天，他到库尔勒的孔雀河考察，晚上回到开都河，沿着塔里木河思考。有时想到一个方法，忍不住兴奋，周立三会半夜爬起来坐着，喊醒新疆水利厅的同志，把自己的想法跟他们交流，比对新疆水利厅提供的方案，再进行详细的分析研究。

开都河改道方案就这样诞生了。周立三提出在开都河上游建立可以发电的水库，下游也可以建立几个小型水库，一方面保证水流入孔雀河，另一方面解决改道后的水倒入水库的问题。

在新疆北疆、南疆考察的几年里，周立三时常看到一个熟悉而亲切的身影。他就是中科院副院长竺可桢。考察期间，竺可桢不顾年事已高，不辞劳苦，亲临新疆，到北疆的乌鲁木齐、石河子和伊犁地区，后又到阿克苏参加阶段总结会议，并和周立三等人一起制订来年的南疆考察计划。

在谈及坎儿井和盐碱土等新疆资源的开发时，竺可桢副院长有段话让周立三牢记在心。在干旱和半干旱地区的开荒问题上，竺可桢反复强调，"要的不是荒地在干旱地区有多少，而是干旱地区有多少水，有多少水能开发多少荒地"。他还提出："开荒要注意水土的保持，沙地开发最重要的是盐碱问题，一定要灌溉，要做好排水的问题。"

周立三带考察队在考察吐鲁番坎儿井时，了解到了坎儿井的水量稳定、蒸发量少的优点，在灌溉农田上普遍而有效，这也是对地下水的最好利用。但是他也发现其中的问题，比如投资大，工程周期长，坎儿井不宜密集，地下水与地表水的合理应用等，这些都对新疆一些地区有很好的指导作用。

土地问题是新疆的一大问题。这也是竺可桢副院长反复强调、告诫考察队的问题，不是调查出新疆有多少荒地、盐碱地，而是看可以开发多少荒地和盐碱地。竺可桢的话一下子就把握住了问题的关键。周立三当时很是感慨，一方面是年事已高的竺可桢，带着对新疆考察的情怀，前来实地参加考察，让人感动。另一方面，作为一名老地质人，他的高瞻远瞩的目光，立足于发展的思想，对新疆的土地资源配置给予了指导。

中华人民共和国成立后，国家对新疆的盐碱土和荒地改造，通过军垦农场和其他国有农场的开垦，取得了不少经验，为国家生产了大量的棉花和粮食。但是，新疆的土地，因为盆地蓄水的因素以及大面积荒地的存在，还是没有发挥土地的粮食效应。竺可桢的一番话，击中了新疆经济发展的要害。周立三带领考察队与新疆水文地质研究人员密切配合，从南疆到北疆，对所有盐碱土分别实地取样，然后分析其中的含盐量。

新疆气候条件恶劣，随时都会掀起一场沙尘暴，或者一阵暴雨。晴天时，毒辣的阳光从上空倾泻下来，毫无遮挡，就这么肆无忌惮地照在人身上，有种冒火的感觉。干燥，嗓子干燥得特别厉害。周立三骑在马上，和队员们行走在南疆的路上。取样，不是说说那么简单。从一个盐碱地到另一个盐碱地，常常要走上半天甚至一整天，人在马背上，吃也是在马背上。饥饿是其次，最苦恼的是水，马背上所带的水，总是不够喝。很多时候骑在马背上看着远处清澈的湖水，嗓子都冒烟了，依旧无法饮用。南疆焉耆的四团农场、巴楚图木休克农场等，周立三和考察队员们来来回回不知道走了多少回，一次次取样，然后做排水去盐的定位实验。对于含盐量较少的荒地，可以采用灌溉、轮番牧草、翻耕等方式；对于含盐量过大且水源不充足的地方，不宜现在开垦。

周立三在新疆综合考察中发现一个现象，由于国家对棉花的急需，棉花种植在北疆玛纳斯发展很快。当地对玛纳斯河流域发展长绒棉的热情很高，大力倡导，并将规划中的棉田比重提高到40%至50%。这引起了周立三的注意。新疆原本的定位是主要产粮基地，随着棉花需求的激增，新疆大量种粮食的土地转换成棉田，1956年，新疆棉花种植面积已经达到20万亩，占农场总面积的25.8%，比主产粮地还要多上2万亩。在追逐经济利益的同时，"重棉轻粮"的现象日趋严重。他单独给自己选择了一个课题，即新疆玛纳斯河流域农业生产与棉花专业化问题。

新疆长绒棉产于新疆吐鲁番盆地、塔里木盆地的阿克苏、巴音郭楞、喀什等地，品质优良，各项质量指标均超过国家规定标准。吐鲁番所产尤佳，其纤维柔长，洁白光泽，弹性良好，棉花细度较一般长绒棉每克多1000余米。新疆长绒棉用途广泛，可制成高级大胎帘子布、防化与防原子辐射布、其他纺织品、各类宝塔线、缝纫线、绣花线、针织线等。

周立三没有沉浸在棉花丰收的喜悦之中，他仔细分析了玛纳斯河流域的自然和社会历史条件。

1949年以前，玛纳斯河流域耕地面积不足60万亩，人口不到8万人。农垦历史较晚，田地荒芜无常。中华人民共和国成立以后，由于运用了先进的农业技术，开始种植棉花，随后种植面积逐年增长，后来发展到种植棉花的面积超过了种麦子等主粮的面积，产生了"重棉轻粮"的现象，造成粮食产量严重下降。

周立三通过自己的考察调研，发现一个严重的问题被掩盖住了，那就是北疆的粮食生产已经供应不足。随着人口的增加，势必要到其他地区购买和运输粮食。这必然增加了粮食的获取成本，造成国民经济上的浪费。棉花的生产与小麦、水稻的生产不同，北疆人口偏少，而棉花生产到了成熟期，需要大量的劳动力，所需人力是小麦的8倍，玉米的4倍。劳动力存在供需不平衡，而且小麦、水稻易于机械化耕作。南疆产棉量低，北疆产棉量高，但由于气候的差异，南疆只要稍微改良下品种，就会反超北疆。

对于玛纳斯河流域种植棉花的问题，周立三从全疆乃至全国棉花产业出发，指出玛纳斯河流域的发展，应该建立巩固粮食基地，避免不合理的粮食远调，照顾和平衡农业的劳动力，适当发展棉花种植业的总体生产经营模式。

新疆综合考察是为了确切查明新疆独特的自然条件的分布规律，研究充分利用各种自然资源和合理进行生产力分配，特别偏重农、林、牧、水利建设方面，提供编制远景国民经济发展计划的科学依据，做出相应的建设方案。

4年来，周立三带领考察队，北自阿尔泰山，南迄昆仑山，每年按不同地区和重点研究的问题，分别以包括有关专业的综合组织形式，对全疆做了广泛的路线考察和典型调查，全面梳理了新疆的自然资源状况，土地面积占全国的六分之一，全疆有近亿亩可开垦土地，40多万平方千米可供放牧的四季草场。矿产资源方面，石油、煤、有色金属和稀有金属等储量都极为丰富。全疆天然有效年径流量总计仍有750亿立方米，远大于整个黄河流域的径流总量。此外尚有储量极大的高山冰川和地下水资源。从综合开发利用的远景来看，均有极其广阔的发展前途。

同时，在考察中，针对重大的研究项目，如盐碱土改良，配合国有农场进行了定位试验研究；对玛纳斯河流域的棉花种植提出了中肯的科学建议。通过这样广泛而全面的实地考察，从多学科、多方面地加以综合分析研究，不仅对缺少研究的地区积累了大量科学资料，并初步探明了新疆干旱地区的特殊自然条件的性质和分布规律，特别对与发展生产密切相关的水土资源做了新的估算和评价，对土壤积盐过程和它复杂的改良条件进行了较深入的研究。他们还对未来若干重点建设地区的径流调节、河流改道与合理开发水土资源进行了综合调查。对发展畜牧业的天然饲料基地和农牧结合等方面也做了实地考察和评价。这些宝贵的考察研究，为新疆地区自然条件和农业生产配置现状的分析提供了样本，对新疆自然区划和农业区划也做出了初步研究，对自治区内不同地区农业发展方向和主要技术措施提出了建议，为今后进行全面科学总结与建设性的方案的提出奠定了基础。

这份研究报告，是新疆综合考察队数年考察的结晶，相当于新疆的百科全书，对新疆地理环境、人力资源、山川树木等方面进行了全方位地考察，为新疆的资源开发和发展规划提供了许多重要的建议，对加强新疆经济建设起到不可替代的作用。多年来一直被有关部门作为编制计划或规划的重要依据。

考察中，周立三组织全队编写出了关于新疆地貌、气候与农业的关系、水文、地下水、植被及其利用、农业、畜牧业、动物等11部著作，以及新疆1∶1000000土壤图、植被图和1∶2000000地貌图等。这是中华人民共和国成立后，对新疆干旱荒漠区研究的第一套系统的科学著作，总结出许多规律；在全国科学大会上得到表彰。1959年至1960年间，中国科学院编写的《十年来的中国科学：综合考察（1949-1959）》一书中，新疆综合考察的研究成果最为丰富，水平也最高，得到了竺可桢的肯定与褒奖。

1985年，时任新疆维吾尔自治区党委书记的王恩茂同志高度肯定了考察队的工作，指出考察队所提出的观点与科学资料仍然在起作用。

周立三在组织新疆综合考察中，还注重对地理科技人才的培养。据同行的石玉林后来回忆，北京至乌鲁木齐的这一路上，虽然费些时日，路途辛苦，但是周立三用这难得的机会，给他的研究生上了生动的野外考察第一课。特别是在沿途中，周立三时不时对照地图，不停地记载所见所闻。河西走廊以西的干旱区，戈壁沙漠茫茫无际，植被稀疏，景观十分单调，乘坐汽车极易疲劳，在这种情况下，如果没有工作毅力，扎实的基本功和细致的观察力，很难从专业的角度发现自然界的特点和人类在自然资源开发利用上的差异。他的学生们面对这种情况，束手无策。只有周立三对着西部地理状况，时而记记画画，时而陷入沉思，兴趣盎然。一些大家不以为然的地方，却是周立三深入考察的地方。周立三把课堂带到了野外，以自己的行动给他的学生做出最好的示范：地理学原来是这么学的。

刚刚毕业的沈长江参加了这次新疆综合考察，他一开始对野外考察的工作方法很不适应。每天不是在汽车上颠簸，就是从早到晚在马背上活动。到达计划停留地点，马上又要进行调查访问或收集与阅读有关资料，每次三五天或十天半月，就要做次小结或阶段总结，并要写出考察小结或阶段考察报告，这让沈长江感到有极大的困难与压力。周立三给予他很大的帮助，经常指导他如何进行野外工作，告诉他要区分考察地区畜牧业生产存在的地区差异，分析形成此种差异的原因，并做出评价，再根据该地区自然条件的可能性、技术上的可行性及经济上的合理性，提出关于考察地区畜牧业今后的发展方向、途径与措施的建议。经过1957年与1958年两年的南、北疆野外考察工作与总结，沈长江基本上摸索到了进行畜牧业宏观考察研究的一些方法，结合野外工作的需要，极大地补充了相应学科的知识。

佘之祥是周立三的助手，也是在新疆考察中锻炼成长的，新疆考察为他的科研工作奠定了基础。之后佘之祥参加的内蒙古综合考察与第二次新疆综合考察都是采用周立三的科考模式。内蒙古综合考察队的"生产"性成果报告，后来内蒙古自治区的书记看了后，在内蒙古农业学大会上作了推荐。

4年的野外工作结束后，进入了全疆科考大总结的阶段。周立三及时地指导他的学生要抓住影响新疆畜牧业发展的关键问题，提出建议。要利用全队各专业组集中在乌鲁木齐的机会，进行专业之间的交流，吸取对发展畜牧业有益的观点与建议。

后来，沈长江根据他的指导，在一个多月的集中总结期间，写出了3400字的"饲料问题"的建议，纳入向新疆维吾尔自治区汇报用的总报告中。建议内容已从传统畜牧技术干部研究畜牧业饲料问题的范畴，扩大到了包括要合理利用土地资源、草地植被资源、水资源，尤其是缺水草地的地下水开发利用，因地制宜的农牧用地与农牧结合等方面来解决新疆的饲料问题，其中很多内容与知识都是在大学课堂上从未学过的。该项建议在汇报中得到当时自治区领导的好评。

三、新疆的知心人

回首过去，我们会发现，周立三在新疆这块土地上倾注了多少心血，写下了多少关于新疆经济建设的考察文章：《新疆经济建设之刍议》《哈密——一个典型的沙漠沃洲》《天山南北》《新疆的民族》《新疆玛纳斯河流域农业生产与棉花专业化问题》《新疆综合考察的主要成就》《新疆农业区划及其划分原则和方法的探讨》《新疆综合考察》《国土整治与新疆农业的发展》……

中科院院士石玉林后来在谈到周立三时有这样的一段话：周立三院士十分重视搞野外实地调查，他搞野外调查，并非是走马观花，打一枪换一个地方，而是坚持对同一地区进行反复调查，步步深入，考察新疆就是一个例子。我们常要求地理工作者应该在地理学的各门分支中有一门专长，同时对一个地区要有比较全面的研究，周立三在老一辈地理学家中，在治学方面，就真正做到既是一门学科的专家，又是一个地区的专家。

20世纪80年代初，中科院为贯彻中央将新疆和西北作为我国21世纪开发重点的战略，再度组织对新疆的考察。

这次新疆综合考察队，由石玉林担任队长，他硬着头皮找到了周立三。

周立三一口答应了。是出于对新疆多年深厚的感情，还是出于对国家经济建设的一腔热血？周立三不顾年事已高，为了深爱的祖国，愿意，继续做新疆综合考察的一员，深入罗布泊，深入天山山脉，走进准噶尔盆地，走遍南疆、北疆……

别人也许不了解周立三，有人也许不知道内情。但是作为周立三的学生，几次跟随周立三进行新疆考察的石玉林，内心深感对不起他。在新疆的亲身经历一直印在他的脑海里。周立三在新疆综合考察中，就是一个"拼命三郎"、一个勇士，深入新疆的每一个角落，触摸新疆经济建设和中国经济的脉搏。周立三完全把自己融入新疆的风沙、山脉、荒原、戈壁之中。这样的考察，说实话就是玩命的。周立三是在为中国的地学发展，为新疆的经济建设玩命。

石玉林去拜访周立三的时候，已经70多岁的周立三身体每况愈下，经常头昏，听力不佳，还患有痛风。长期的野外跋涉，以致老来双腿疼痛难忍，行走异常困难。

石玉林看在眼里，疼在心里，但是又忍不住把来意给周立三说了。当时石玉林对周立三的境况也十分理解，想得到周立三的耳提面命，已经足够，不指望他能再去新疆参加综合考察了。

周立三坐在椅子上，耐心地听完石玉林的考察内容，毅然接受了任务，做考察队的顾问。周立三的顾问头衔，其实是实实在在的指导和亲身的实践。

周立三立即打电话给远在新疆乌鲁木齐的沈长江，要求沈长江协助他参加第二次的新疆综合考察。他在电话中告诉沈长江，整理好中科院和新疆分院当前的冰川、治沙等研究成果，结合新疆20年来的发展变化，梳理出新疆农业、自然资源开发利用以及农、林、牧发现的重大问题。

第二天，周立三和石玉林就坐飞机赶到了乌鲁木齐。两人对新疆许多单位进行了访问和调研，为了了解新情况，发现新问题，与新疆有关领导共同拟订了考察计划，由石玉林等人执行。

1984年，考察工作结束后，周立三再次飞往乌鲁木齐，指导主编了《关于新疆农业发展的若干建议》，提出新疆农业发展应明确四个基本观点（山地与平原的统一性；发展建设与环境保护的密切相关性；合理调整经济结构；发挥综合功能和加强质量第一位的思想）和九项建议（重视节约用水与合理用水；挖掘现有耕地生产潜力是新疆农业增产的主攻方向；沙漠危害的严重性及防治重点；加强生物措施改良与利用盐碱土；畜牧业的挖潜与建设；恢复和合理利用草场是稳定发展畜牧业不可忽视的任务；森林的保护和积极营造；以小区平衡的内涵挖潜为主的粮食生产发展方向；关于新疆棉花基地的发展与建设问题）。

后来，也就是1985年的春节后不久，周立三又把沈长江、石玉林请到了北京，讨论了考察的工作计划、时间安排和建议，针对新疆"七五"的发展规划，初步提出了九大问题，包括节约用水、耕地增产、治沙、治理与利用盐碱地、保护森林与草地、棉花与畜牧业的发展问题等。

周立三对第二次新疆综合考察报告的审读十分慎重。他拖着病体，在妻子照顾下，在吃住严重不方便的条件下，开始对5万字的报告进行审读，逐字逐句，提出修改和补充意见，并挤出时间与九位执笔人反复讨论修改，直到最后定稿，前后历经一个多月，终于完成了《关于新疆农业发展的若干建议》。周立三还亲自为该报告写了前言。

周立三在前言中的许多真知灼见，即使放在今天看也不失其现实意义。这份观点鲜明、论据充分的报告，得到了新疆和中国科学院有关领导和业务部门的高度评价，这项成果后来获得国家科学技术进步奖。

第五章　农业区划的开拓者

Chapter Five

一、跳动的农业之心

我国是农业大国，土地对国家而言是命脉。周立三对农业区划的尤为关注，是一种发自内心的敏感和责任。他从小历经家庭的艰辛，看到当时社会受苦受难的同胞，目睹国家受到列强欺凌的景象，科学报国的志向就深埋在心里。所以，在周立三的科学研究事业上，科学研究一定要服务国家建设、生产，这是他一贯的理念。

周立三对农业区划的研究，回溯起来应该是在重庆中国地理研究所工作时期，但严格说来，他对农业区划的学习，要追溯到他上大学期间。学校期间，周立三跟随两位著名的德国教授学习并参加野外考察，对祖国的山川地理越来越熟悉，越熟悉就越发热爱。中国，地大物博，地形丰富，地理概况复杂，国家的富强，首先就应该从熟悉地理出发。作为以农业生产为主的国家，地理学显得尤其重要。

费师孟教授曾语重心长地对周立三说道："中国的现状，落后，国力虚弱，是因为没有好好对待脚下这块土地。研究好土地，你们中国就会解决温饱，国家就会变得强大起来。"

周立三被费师孟教授的话语深深地打动了。

周立三饱尝过贫穷落后的滋味。堵门还债的遭遇和三月不知肉味的生活，这些林林总总的，都积淀在周立三的内心，别看他平时沉默寡言，实际上他早已把这些磨难融入学习之中。

费师孟教授的话刺激着周立三，在他内心里深深地埋下了一粒农业地理的种子。改变现状，那就从改变中国地理学开始吧。只要了解脚下的这一片热土，人民的温饱才有希望。

周立三一头钻进图书馆里，把目光聚焦在对农业地理及农业区划的学习上。周立三惊讶地发现，对于农业区划这个问题，古人早就有了研究和成果。在我国最早的历史文献《尚书》中，有一篇名叫《禹贡》，写于战国时期。作者把当时的中国分为冀、兖、青、徐、扬、荆、豫、梁、雍九个州，对各州的界域、山、土、物产等均做了描述，并采取区域比较的方法对全国的地理加以区分，例如兖州植被"厥草惟繇，厥木惟条"，徐州境内"草木渐色"，而在扬州"厥草惟夭，厥木惟乔"。这三个州皆是我国东部平原地区，然区域不同，区分则是从北部的草木才抽条发芽到中部草木逐渐丛茂，覆盖大地，到了南部则是草极繁盛、树极高大的林莽之地，这是我国指明植物分布呈地带性的最早描述。《禹贡》中还比较了各州的土壤肥力，并与田赋等级联系起来。尽管全文不到2000字，如果把它转绘成图表，完全可以认为它是全世界最早的农业区划的启蒙著作。秦汉以后的典籍如《汉书·地理志》和《元和郡县图志》，作为地方志，则是以行政区划为纲的，内容包括疆域、建置沿革、山川、人口、物产等地理情况，《汉书·地理志》创立的类似农业区划性质的编写体例为后世地理志编纂树立了典范。

周立三为这些古书对山川、河流、土壤、植被、物产、田赋等分布差异的详细分析所折服。那时的周立三还处于一种对国内农业区划一知半解的状态。但这已经激起了周立三对这一领域深入研究的兴趣。

20世纪30年代，我国地理学家受到西方学术思潮的启发，也陆续开始对部分省份开展农业分区的论述。后来，周立三搜集了现代科学家对农业区划研究的为数不多的图书，如满颖之的《山东省农业初步研究》，周淑珍的《山西之农业区域》，等等。尤其是中国地理学家、现代人文地理学和自然地理学的奠基人胡焕庸先生1934年的著作《江苏省之农业区域》和《中国之农业区域》，更让周立三如饥似渴地研读。胡焕庸先生根据作物统计，结合气候、土壤和水利等条件，把江苏划分为四大农业区即苏北的旱粮区域、苏中的籼稻区域、沿海的棉花区域和苏南的稻丝区域；在安徽区划上，给出了"皖北旱粮区、皖中稻米区、皖西茶山区、皖南茶山区"四大区划。胡焕庸还根据气候、地形和作物的比重和南北分布的界限，对全国做了农业区划，分为9个区，即东北松辽区、蒙新宁干燥区、青藏高原区、黄河下游区、长江下游区、东南丘陵区、西北高地区、黄土高原区、漠南草原区。这些划分理论，给了周立三深刻的影响和很大的帮助。

如果从世界范围来看，很多国家在农业区划上也有相应的发展。苏联在十月革命以前，也早有不少地理学者从事本国的农业分区，如1818年阿尔谢涅夫按照气候和土壤的特征，把俄国分为10个"经济区"，是该国农业区的首次划分。1859年，萨布罗夫和叶尔莫洛夫等人分别提出各种不同分区方案。在西方，迄今仍有参考价值的，首推德国的农业经济学家杜能于1828年著的《孤立国同农业及国民经济之关系》一书中所表述的，用一个自然条件基本均一的空间，以城市为中心，根据农产品运输距离远近和运输与成本的差别，划分为6个圆层的农业地带模式。德国在他之后还有农史学家哈恩、恩格尔布勒许特等学者，曾提出全世界的农业区划。哈恩从农业生产发展阶段，把世界划分为6个农业经济形态类型，恩格尔布勒许特则根据作物与气候的关系，划分出9个农业地带。到20世纪二三十年代，欧美更多的地理学家，广泛地对各大洲和各国提出许多农业分区的理论。

中国作为农业大国，而农业区划这个问题更多的还是停留在纸上。周立三清醒地认识到农业区划对于土地以及国家建设的重大意义。

1949年后，国家开展大规模的经济建设，作为农业大国应如何规划与发展农业生产，是国家十分关注的大事。农业部根据计划经济的发展要求，组织各省分头汇总农业区划的资料。国家计划于1955年召开全国农业区划的探讨会。

当时的地理研究所，也从中国科学院接到了相应的任务——研究中国农业区划问题。国家和中科院把这个重要任务交给了地理研究所，这让周立三倍感欣慰与兴奋，同时也感到了肩上担子的分量。

我国农业生产地域悬殊，差异很大，目前存在着生产上不合理，以及农业上"一刀切"的模式，农业区划迫在眉睫！农业部的领导亲自找到周立三，要求他在全国农业区划会议前拿出《中国农业区划的初步意见》。

周立三明白，这个农业区划的研究与单纯的某个单一的学科或技术研究不同。它是一项着眼战略、纵览全局的研究，属于一种宏观上的研究。它需要分析、整合农业的自然资源、自然条件、农业的内部结构以及农村的社会经济条件等因素，同时还得结合地理学综合性的特点，规划要有高度性、战略性。周立三深知其中的复杂与难度。他在较早的时候，就已经对我国历史上有关农业地域特点和分异的文献展开钻研，还对20世纪30年代以来有关农业区域的重要著作进行研究。要想做好这项研究，必须深刻把握中国自然环境的复杂性，必须重视自然条件的影响和地域差异，只有这样，才能制定出符合中国地理实情的农业区划。

周立三急国家之所急，迅速调整科研方向，部署力量，请农业地理学家邓静中先生负责，并和侯学焘、孙成烈、张沛等人组成一个农业区划研究小组，将农业区划研究作为地理学进入国民经济主战场的主要方向。

经过研究小组的艰苦努力以及结合他自身的科学积淀，周立三拿出了《中国农业区划的初步意见》一文。文中他提出全国农业区的划分方案，即将全国划为6个农业地带，再细分为16个农业区的方案。在农业区域划分上，周立三认为，应反映现状、预示远景，在不同的经济发展阶段农业区会有相应的变化；与此同时还要看到农业生产配置与自然条件的密切关系，通过分析农业区域的特殊性、复杂性确定农业区的划分方法与分级单位系统。他明确指出农业区的划分必须打破行政区划界线，特别是认定较大的行政单位如省、地区乃至大部分县的组合对农业区不具有任何实际意义，提出了农业区划分级单位系统的完整设想。

周立三的这些观点，在当时遭到以王守礼为代表的学者的反对。王守礼等人认为，农业区划，应忽视地域差异性和自然环境影响，以经济区划取代农业区划。

科学真理不是靠争论出来的。周立三没有当场发表自己的反驳意见，而是把这种争论化为科学实践行动。

随着全国农业区划的进行，需要弄清各地的农业资源，尤其是新疆的农业资源。新疆这个地方，国家初步看到了它的经济发展前景，看到了其中蕴藏着巨大的经济能力。这些也从周立三早期对新疆考察报告中得到了一些佐证。1956年，在中国科学院的组织下，周立三等人开展了对新疆的综合考察。

长达4年的新疆综合考察后，周立三撰写出一份《新疆农业区划》。这份农业区划，对指导新疆农业生产实践，在农业生产合理配置上起到了巨大的作用。如乌鲁木齐、焉耆、伊犁、吐鲁番等地区，曾经因为没有仔细考虑当地自然条件的特点而盲目地发展棉花种植业，结果自然不会成功；又如细毛羊的杂交改良，在有些不适宜改种的地区引入改良，成效自然不大；还有玛纳斯河流域的棉花种植问题，棉花面积的扩大，影响了粮食生产的增长，加上水利基建等生产条件的滞后，发生了粮食供应的不足、劳动力的不足、季节性不平衡以及经营上的亏损失调情况。

为了进一步搞清主要农业区的界限，周立三又带领吴传钧，深入西北干旱区、黄土高原区和青藏高原区三大农业区的交错地带，进行实地考察后编写出了《甘青农牧交错地区农业区划初步研究》一书，查清了乌鞘峰是三大农业区的结合点，而且探讨了三次一级农业区划分的原则，并指明了每一个农业区的发展方向。

周立三以自己的调查实践为基础，从理论上对省区农业区划做了阐述。在多篇论文中指出农业生产具有明显的地域性、严格的节律性、较长的周期性和生产上的不稳定性，阐明现代化的农业必须实行区域化、专业化生产而又必须结合我国国情、因地制宜地逐步实现，指出农业生产的地域差异是现实的存在，也是研究农业区划的客观基础；同时他又强调自然条件始终作用于农业生产，而且在不同程度上影响劳动地域分工。

周立三的这些关于农业区划的见解和观点，为国家第一个"五年计划"的制定和全国农业区划会议的召开做出了巨大的贡献，为日后继续开展农业区划工作奠定了坚实的基础。

当我们为周立三等人取得成绩投去赞赏的目光之余，不禁要问，到底是什么力量在支持着他埋头科研呢？有人这么评价周立三，他是位有大局观的地理科学研究者，他致力于地理科学与国民经济之间，找到一条抵达国民经济发展的必经路径。也就是说，地理科学研究，必须为国民经济服务。他的研究始终是从国家需要出发。

二、成功的江苏试验

为了加快农业发展，国家在1956年实现农业合作化，分散的小农经济迅速转变为集体经济。中央为了适应这种形式，给各地下达了粮食亩产应达到的目标。这项措施曾经推动农业生产的发展。但是，由于地域差异性，各地为了达标，后来提出了"人有多大胆，地有多大产"等严重不切合实际的口号，造成了"浮夸风"现象，违背了客观规律、自然规律。各地在上报粮食产量时，采取减少耕地面积的方法，以实现增产的任务。后来又由于"大跃进"运动，造成我国长期耕地面积的数据不实的后果。

三年困难时期，农业大面积减产，有的地区甚至颗粒无收。连续几年，粮食和副食品处于严重紧张的境地。

这些情况，让周立三坐不住了。因为造成这些的原因，不能说当初是没有预警的。周立三在新疆综合考察及新疆农业区划的研究中，已经总结出农业生产存在的问题，即区域产生的问题，实际上这也是全国普遍性的问题。正是因为对农业资源没有合理的布局和配置，才造成了现在这样的局面。盲目的农业发展规划，违反自然、经济规律，只能是碰壁。

在这个时期里，农业区划的调查研究工作基本上处于一种停顿的状态，但也不是说完全没有动静的。中科院地理研究所派人到苏联和东欧国家去考察学习他们的农业区划工作经验；周起业撰写的《我国农业区划基本问题的探讨》一文于1957年在《地理学报》第二期上发表；邓静中撰写的《中国农业区划方法论研究》一书于1960年出版，对农业自然条件、种类和分级、农业配置和发展规模等作了较全面的论述。为了配合第二个"五年计划"，农业部在全国范围内开始了县级和专区级别农业区划试点。这些在全国范围开展的试点工作，后来推动农业发展取得不少成效。

1961年，党中央及时纠正急于求成、浮夸等错误，对国民经济实行"调整、巩固、充实、提高"的八字方针，恢复了农村经济的发展。

为了适应农业发展的需要，1963年，国务院召开了全国农业科学技术工作会议。会上，国家把对农业自然资源调查和农业区划，列为十年全国农业科学技术发展规划的第一项重点项目。

会议研究了我国农业科学技术工作的状况，初步总结了我国农业科学研究工作的经验，制定了农业科学技术发展十年规划，提出了3000多项实现农业发展纲要所需要进行的科学研究课题。周恩来总理做了《目前形势和我们的任务》的报告，国务院副总理谭震林和国家科委主任聂荣臻同志向大会做了报告。

周立三听到周恩来总理的报告中讲到我国迫切需要密切结合农业生产需要，要制定一个农业科学技术十年发展规划时，内心十分激动。

科学研究本职就是面向国民经济服务。而目前农业不容乐观的状况，不得不说与中国的农业发展规划有一定关系；另外，我国农业存在复杂的区域性，所以农业区划的开展势在必行。

周立三不敢想象下去。他必须把农业区划研究报告给总理。可是，怎么向总理报告呢？

晚上回到宾馆，周立三坐立不安，他顾不上吃饭，利用大家休息的空档，找到了一同参会的其他农业地理学家，把自己的想法和盘托出，大家纷纷认可周立三的意见：只有搞清楚自然资源，合理布置，农业才能健康发展。目前，是时候把农业区划研究重新提上日程了。

大家都被周立三的行动所感动。一位老科学家说，他们不是为了什么，就是想看到国家经济繁荣，人民安居乐业。现在该他们出来讲真话了。在周立三起草好的倡议书上，在场的科学家都郑重地写下了自己的名字。这些名字里，包含着对中国农业生产的一份关心，对国民经济发展的一份责任。

周立三大受鼓舞，连夜写了份报告，把自己对农业区划的看法完整地写了出来，尤其是对农业资源的利用开发以及农业生产的合理布局，做了充分的诠释和论证。

周恩来总理对周立三的农业区划报告，给予了高度的重视。在他的关心下，农业区划被列为农业科技规划的重要任务，并计划开展全国省（自治区、直辖市）第二次农业区划工作。这让周立三非常高兴，巨大的喜悦包围着他，他急切地想把好消息和同事们分享。

会议一结束，周立三连夜回到了南京。第二天，他紧急召集所里所有人员，把会议精神详细地传达给大家，大家都很振奋。科学研究转化为现实成果，这是每一个科技人员的无上荣耀，也是一切科学研究的最好归宿。

周立三随后向江苏省委省政府做了汇报。江苏省委省政府的领导在听了周立三对农业区划及其对农业经济发展的报告后，为他对农业发展的苦心所感动，当即拍板，在江苏省开展省级农业区划研究试点。

周立三主动请缨担任江苏省农业区划委员会副主任委员，开始了对市县区级别的农业区划研究。

江苏省的面积10万余平方千米，是全国面积最小的省份之一，省内各地区在自然条件上差异性很大，各地作物的单产很不平衡，全省农作物以一年两熟为主。从资源和分区上看，周立三把江苏省分为以小麦和杂粮为主的徐淮地区，以及淮河以南以水稻为主的里下河地区、宁镇地区和太湖地

区三个水稻产区。1962年始，周立三和所里的同志们开展了
"江苏里下河和宁镇扬地区作物布局调查研究"工作。

在周立三的主持下，经过两年的不懈努力，一部具有科学
性和可行性的，近30万字的《江苏省综合农业区划报告》出炉
了。报告中，将全省划分为徐淮、里下河、沿海、沿江、宁镇
扬和太湖6个一级农业区和45个二级区，阐明各区农业生产特点
和条件，自然资源优势和制约因素，提出不同的生产发展方向
与建设途径，同时采取"区划—规划—样板"相结合的实施方
法，还编制了一套直观性强、一目了然的农业地图与文字报告
相配合。论据充分，可操作性强，得到中央有关领导的赞许和
地方领导的肯定。而江苏省委把区划"一规划一样板"作为领
导农业生产的重要方法，所划分的6大农业区至今仍是江苏省指
导农业生产的基本单元。

江苏省根据周立三的报告，相继开展市县级农业区划试点。
这些研究对于调整农业布局、合理规划农业生产效果显著，江
苏的经验很快被推广到其他省份。

也就是在这一年，中央正在制定全国基本农田建设规划，
时任国家科学技术委员会副主任的范长江组织一批农业区划有
关的专家，为编制该规划提供科学材料。

当范长江得知江苏省的综合农业区划工作，在周立三的带
领下，基本完成并取得了丰硕的成果后，他大为惊喜，当下决
定，在中央召开基本农田建设会议期间，将农业科学研究成果

展览会主展室的一半空间都留给江苏综合农业区划成果。

接到这个消息时，是1964年的春节前夕。南京地理研究所一片欢腾。周立三带领全所人员，放弃了与亲人欢度春节的时间，一起赶到单位加班。大家全力以赴，决心用江苏农业区划的科技成果，为中央的会议献上一份沉甸甸的礼物。所里有一位同事的爱人在南京军区政治部工作，为了做好后勤，她爱人特地请来了军区作战部的军官帮忙绘图。周立三还把自己的铺盖带来了办公室，就在所里搭了个窝，吃住在所里，与同志们一起工作。

工作一直持续到大年初二，这份江苏综合农业区划成果图完成，随后派人乘火车送到了北京。

范长江看到后，激动地直拍大腿，好一个江苏省综合农业成果图！

随即，范长江命人通知周立三，立即赶往北京，指定周立三代表专家组向中央领导详细汇报和讲解，做领导参观时的总讲解。

为了这次汇报与讲解，周立三做了充分准备。他提前到北京的展览馆，详细看了展览，熟悉每一展品的内容、作用，明确每个展室介绍的重点、讲解路线，充分估计讲解时中央领导可能会提出什么问题，又如何回答他们的问题。同时，他又召集专家组成员讨论向中央领导汇报农业区划工作和建议的内容。由于汇报的时间只有半小时，范长江同志强调要抓住农业区划的重点：农业区划与农田建设规划的关系与作用，开展农业区划工作对指导农业生产、促进农业进一步发展有什么意义。

为此，周立三与专家们反复设计、讨论，研究、试讲，做了充分的准备。同时为了迎接中央领导参观，展览馆每一展室留一个专业工作人员。他们的任务是在周立三讲解时，一旦领导对展品提出具体问题时，协助周立三做必要的补充说明。

1964年春节后的一个上午，范长江陪同中央领导前来参观，他们仔细参观了每个展室，并在周立三讲解时不断提出问题，彼此还相互讨论着。在江苏省综合农业区划成果图前，他们停留了很长时间，周立三也以此作为介绍农业区划工作的重点。由于谭震林副总理在江苏泰兴一带打过仗，对那里的农业生产特点如猪、油、酒的生产模式等十分熟悉，因此他和周立三一起向其他领导介绍江苏的一些情况。

参观后，周立三又向中央领导汇报农业区划工作。周立三用半个小时的时间介绍了农业区划工作的目的、意义和当前在中国已开展的情况，对制定全国基本农田建设规划能起什么作用，以及建议成立全国农业区划委员会领导全国农业区划工作等。整个汇报重点突出、观点明确、层次清晰，引起了在场中央领导的重视。他们肯定了开展全国农业区划工作对发展农业生产的作用，并决定在全国农业区划委员会成立前先由国家农业协调委领导农业区划工作。

这次汇报，确定了农业区划工作的地位和作用，江苏省综合农业区划成为农业区划工作的样板。会后，周立三领导的专家组又为"全国基本农田设计选定，建设五亿亩基本农田"做了大量的论证工作。展览接待了参加全国基本建设工作会议的全体代表。为此，周立三自1963年底至1964年初在北京工作了三个多月，为全国农业区划工作的进一步开展奠定了良好基础。

栽下梧桐树，引来金凤凰。1964年5月，国家科委在江苏无锡召开全国农业区划经验交流会，有28个省（自治区、直辖市）的代表与会交流经验，并达成共识，即农业区划研究是因地制宜领导农业生产的基本功。

中科院副院长竺可桢到会并讲话。他肯定江苏农业区划的四个方向：农业自然区划，农、林、牧、副、渔各部门区划，农业现代化的区划，以及综合农业的区划。他说，农业自然区划是基本的农业区划，综合农业区划是综合考虑了自然、技术和经济因素，它的指导性最强。他感慨于农业地理在国家建设中发挥了如此大的作用。

在这次会议上，周立三再次全面、系统地介绍了江苏省综合农业区划工作，其观点和建议得到了中央领导以及农业部门的高度认可，区域性的调研，使得中国农业得到了实践和发展。那次会议对全国的农业区划工作产生了深远影响，加速了省（市）级农业区划工作的全面开展。会后，《人民日报》还发了题为《用严格的科学态度领导农业生产》的社论。

江苏农业区划成为各省区的样板后，一时间，风起云涌，各省也都纷纷成立领导小组，先后积极开展农业区划工作。

会议还没结束，当时就有人在现场找到了周立三，他们是华东农业科技委员会的同志。他们说，听了周立三关于农业区划的工作汇报，甚为惊叹，想邀请周立三到华东地区开展农业区划实地调研，解决华东农业区划的问题。他答应了。

科学能为农业经济服务，这是周立三一直以来孜孜不倦的追求。

三、不负重托

科学上没有平坦的大道。正当农业区划工作在全国大部分省（自治区、直辖市）展开，并相继获得多项成果，在生产上发挥着积极作用之时，全国掀起了长达十年之久的"文化大革命"，农业区划被批为修正主义，农业自然资源调查和农业区划工作被迫停止，接着机构撤销，队伍解散，资料散失，损失惨重。周立三本人也遭到了不公正的批判，吃了不少苦头。直到粉碎"四人帮"后，中央恢复了农业区划研究的工作。

党的十一届三中全会以后，农业面临的严峻形势是如何改善对自然资源的利用方式，使农业生态环境好转。如何发挥地区优势，调整农业生产结构和布局，也是农业区划急待研究解决的主要问题。

1978年，中央在北京召开全国科学大会，会议通过了《1978—1985年全国科学技术发展纲要（草案）》，将农业自然资源和农业区划再次提升到重点项目的第一项。第二年春，应国家农委的要求，周立三来到北京，主持全国农业区划工作。这时的周立三已经是古稀之年了，距离上次的农业区划开展已整整十年。

周立三决心要把失去的时间找回来。这项工作，是国家科技攻关重点108项的第一项的主要内容之一，可以想象，工作成果将为国家农业发展决策，提供怎样的科学依据！据沈长江回忆，周立三在北京主持国家农业区划问题时，正值炎炎夏日，他们和周立三集中在当时西直门外的中直招待所。他不顾年事已高，和年轻人一样，与大家分头讨论编写提纲和要点，忘我地工作着。

周立三对待工作的严谨态度超出大家的想象。为了撰写《中国综合农业区划》，农业区划编写组集中在友谊宾馆，不知召开了多少次座谈会。周立三为了全方位把握，拿出了最接近真相的农业区划文字，不放过任何关于区划的文字论述。当时，报纸上登载了许多有争论的文章，只要能搜集到的，周立三都要一字一句地阅读。

周立三就是这样拼命三郎式地投入工作中，与全国各方面专家紧密合作，密切讨论农业发展的问题，论述了全国10个一级区和34个二级区的农业发展方向，反复认真地讨论，研究当时的形势，提出4个尖锐的问题，即中国资源是多还是少，农业结构合理还是不合理，农业生产是掠夺性经营还是集约化经营，农业发展是良性循环还是恶性循环，并分别就土地利用、农业生产布局、农业技术改造等重大问题进行了专题分析，并提出建议。

我们今天看到提出的这四个切中时弊的问题，想必不会大惊小怪。但是，在当时遭到一些人的反对。

周立三没有退却，始终秉承科学的实事求是的精神，坚持实地调查，没有调查就没有发言权，坚决阐明我国农业的自然资源绝对数量大，但由于人口众多，人均占有量少，是资源节约型国家。在相当普遍的地区，不同程度上对资源采取掠夺性经营，破坏了生态平衡，导致资源衰退，形成恶性循环。人口、资源和环境矛盾，已经成为国民经济发展中的突出问题。

这个问题，石玉林是记忆犹新的。那年夏天，编写组在讨论到黑龙江荒地开发问题时，大家觉得目前编写任务重，就不要去黑龙江三江平原考察了吧。当时石玉林负责"土地资源合理利用"，尤其是负责宜农荒地开发问题的编写。周立三知道后，立即找到石玉林，坚决支持他到黑龙江实地调查。直到听到来自实地的调查结果后，周立三才松了一口气。其实结果与预期没有多大差别。周立三说，怎么能说没差别呢？一个是来自理论思考，一个是来自实地调查，意义完全不同。科学精神任何时候都不能丢，这是对土地的负责，对国家和人民的负责。调查和没调查就是不一样，调查就有新的看法、新的观点。

周立三关于资源与生态的观点，直到今天依然发挥着巨大的科学指导作用。他还在此基础上，要求农、林、牧、副、渔各组对以往情况深刻反省，提出正确的发展方向，坚决制止盲目滥垦，对不合理的土地要退耕还林，大力发展人工养殖和资源增殖，对五个生态平衡失调地区，即黄土高原地区、黄淮海地区、南方地区与沙漠化地区、海南岛、西双版纳进行综合治理。

《中国综合农业区划》就是在周立三严肃认真的指导下，一点一滴、一字一句地完成了编写。全书初稿完成后，印发各省（自治区、直辖市）征求意见，召开有关部委及部分地方代表参加审稿会，反复讨论修改，逐章逐句，精炼提高，一个名词概念都不放过。例如原稿对牧业用地前后提法不一，几经商讨，统一定名为草地、耕地、林地并列。全书分5章，其中，最后一章农业分区占全书近一半篇幅。这一章将全国分为10个农业一级区和38个二级区，指明各区发展方向与建设途径，为国家因地制宜规划和农业生产提供了重要依据。在书中周立三强调指出，必须重视粮食生产，制止长期对资源掠夺性的经营方式，强调集约经营，提高单产，保护生态环境，合理调整农业结构和布局。该书于1981年11月出版后，受到社会各界的热烈欢迎。这一研究报告被中央许多部门广泛参考和应用；其成果促进和带动了各省（自治区、直辖市）先后完成综合农业区划工作。

回首往事，周立三曾感慨道："40多年来，先后参加农业资源调查和农业区划工作的人员多达数十万人次，规模之大、人数之众、专家之全、成果之多，为世界各国所罕见。"是的，这项庞大繁复、造福于民的农业系统研究，也只有在中国共产党的领导下，才可以科学地完成。功夫不负有心人。1985年，该书获得国家科学技术进步一等奖。

周立三没有沉醉在赞誉中，他就像一匹永远不知疲倦的奔马，他要求自己不停地奔跑，因为他坚信最美的草原始终在前方。完成《中国综合农业区划》后，他把目光从实践转向了理论建设。《中国综合农业区划》的完成，只是从实践走向理论的一小步，如何形成科学的理论，给后来者提供准确的科学依据，这才是关键。

20世纪90年代初，周立三已年过八旬，正进行国家自然科学基金项目《中国农业区划的理论和实践》的编写，对农业区划工作进行全面和系统的理论总结。全书共12章，周立三全力以赴亲自撰写了7章。该专著于1993年出版，并获1995年中国科学院自然科学二等奖。书中很多观点都是周立三独到的发现，对许多问题作了深层次的论述。他对我国农业生产特点做了详尽的论述，从生物特性和生态环境统一性观点去阐述农业分布的地域差异，并对农业区域和农业区划做了解释和区别。

这本专著，是目前国内农业区划著作中论述最为全面而详尽的一部理论著作，对我国的农业区划提供了重要的科学依据。周立三是新中国农业区划的开拓者和引路人，为我国农业区划实践和理论发展做出了卓越贡献。

四、在大地上作画

周立三在致力于农业区划之余，在他的内心，始终没有忘记科研项目。一切与农业相关联的，对促进农业发展、经济发展的课题，他都在思考。他不仅仅将目光停留在本专业上，而是站在一个国家农业发展的高度上考量的。现在，《中国综合农业区划》有了，那么它所相应配套的农业经济地图集也就提上了日程。经济地图在国外是稀松平常，但在国内还是个新鲜事物，周立三要填补国内这块的空白，开创中国科学家编制经济地图的先例。

我们回望周立三的一生，发现他是全身心投入科学工作，他总是在不断地思考、解决农业和经济的问题。

用周立三的学生陈泗桥的话说，周立三老师的研究始终立足在地理学的前沿，他心里装的是宏观上的地理学，一切与地理学有关的资源、生态和人群，都是他所要思考和研究的对象。

有人问他，为什么要编农业经济地图集？周立三说，中国幅员辽阔，由于土壤、气候等因素，造成各地农业生产特点也不尽相同。有了农业经济地图集，就能很好地给农业生产提供指导和帮助。

20世纪60年代，周立三为了配合国家农业区划工作，以江苏省为试点，开展各级农业区划的研究工作。这一复杂立体的区划研究工作，周立三废寝忘食地扑在上面，在江苏省农业区划上大做文章。就是在这样的情况下，周立三依然没有忘却经济地图集的事情。他始终认为，经济地图集对经济具有很强的指导作用。他根据自然条件、土地资源和农业生产部门的特征，将全省各人民公社的统计资料和调查研究成果，编制成多幅地图，集中反映江苏省农业自然条件和社会经济条件等分布规律和地区差异，鲜明生动，为农业区划论证和界定提供了确切直观的依据。

南京地理研究所在周立三的指导下，重组地图室，培养出赵锐、江南、戴锦芳等大批青年地图学家，与南京师院（现南京师范大学）陆漱芬教授、南京大学李海晨教授等继续合作，开始动手绘制《江苏省农业地图集》。

《江苏省农业地图集》于1968年正式出版。正是这部图集，为农业区划研究和生产决策提供了科学依据，发挥了地图在国民经济建设中的作用，在全国省区农业地图集方面起到很好的开拓与示范作用。

忙完了《江苏省农业地图集》，周立三忍不住开始琢磨起国家的地图集来。当时编制全国农业经济地图集的条件还不成熟。光有区域没有整体的地图集，明显是不合理的，也是不利于科学研究工作的，这个条件直到周立三主持全国农业区划工作后才有转机。

1980年12月，年过七旬的周立三，不顾操心劳肺，联合其他16名全国政协委员，联名倡议编制"中华人民共和国国家大地图集"系列。老骥伏枥，志在千里，是的，正是这群高瞻远瞩的科学家，撑起了中国地理学。

周立三等人的联名倡议，得到了国家有关部委的回复。1981年5月，经国务院批准，此项工作得以展开，并将分为普通地图集、自然地图集、经济地图集、农业地图集、历史地图集五卷出版。

有了编制《四川经济地图集》和《江苏省农业地图集》的经验，周立三主动担任国家大地图集编纂委员会委员，亲自主持编制国家农业地图集，这将是国家大地图集系列中，率先在国内外公开出版发行的地图集。

尤其让周立三高兴的是，国家把这个项目定位为国家重点科研项目。以国家科学技术委员会、全国农业区划委员会和中国科学院联合的名义，正式下达任务，进行国家农业地图集的编纂工作。

这一消息一传出，让南京地理研究所的同志们欢呼雀跃。再次承担国家重点科研项目，周立三院士功不可没！同时也说明南京地理研究所在周立三的长期努力和指导下，拥有足够的科研能力。

　　周立三作为图集编委会的核心，作为国内地图集的开拓者和先驱者，负责整个图集的设计、编辑、协作、制图等工作。自始至终，图集倾注着周立三的心血。他以渊博的学识、科学的哲理，和地图集编图组的科研人员，从取材到编制，从内容到表现形式，从图例到出版，都进行了逐项细致的研究和认真讨论。他还特地从有关大学引进了农经、畜牧业、渔业、林业、水利等专业的多名大学毕业生参与地图集的编制工作。

　　他多次召开会议，要求同事们编制图集以宏观农业系统思想为指导，以反映农业生产本质为目的，分层次、分系统地进行选题设计。更重要的是要有实事求是的科学态度，结合我国的国情，使图集的科学内容既符合科学规律，又有创新，并密切结合我国农业生产，展示中国特色。

　　由于国家农业地图集是国家大地图集项目率先进行的图卷。图集编制工作中遇到的一系列问题，如编委会和编辑部的组建、经费落实、资料搜集、组织协作、底图编制、地图审查、出版规格与形式、图集题词等，周立三和同事们都得先行一步。每遇到关键问题和困难，周立三都尽可能亲自联系或写信给有关领导，使问题逐个得到解决。

　　在资料收集阶段，由于国家统计局和农业部提供的资料不足，周立三二话不说，不顾高龄，带着所里的年轻人，直

128

奔新疆，完成了军垦农场资料的搜集工作。

在周立三的指导和鼓舞下，南京地理研究所克服了一个又一个的困难，顺利完成了《国家农业地图集》的出版工作，起到了很好的带头作用，推动和促进了其他几卷图集的编制工作。

这本图集全面系统地反映了我国农业生产的成就和最新科研成果，选题新颖，内容丰富，结构严谨，制图精致，印刷优良，达到了国际先进水平，得到了国内外同行的高度评价。在图集编制工作中，有近60个单位、300多位专家和科技人员多年参与，共同努力。

《国家农业地图集》，可以说是集周立三经济制图思想之大成的我国第一部大型综合性农业地图集。

"《国家农业地图集》的编制研究"项目1989年获得了中国科学院科学技术进步一等奖，1990年获得国家科学技术进步二等奖。

站在中国大地上的周立三，他的地理学从专业领域走向区划、制图，走向国民经济的主战场！

第六章　具有战略眼光的科学家

Chapter Six

一、老骥伏枥

让我们把时间切换到1987年，这又是一个不寻常的时间。其实，在周立三的一生中，有太多不寻常的时间，诸如带队去新疆科考，去江苏开展农业划区试验，等等。

对于周立三来说，此时的他，已经迈入耄耋之年了，这是颐养天年的时间。但是周立三科学研究的字典上，似乎从来就没有"休息"二字。只要国家召唤，人民需要，他会一次次地挺身而出。

1987年，国务院农村发展中心把研究中国农村基本国情这个任务交给了中国科学院，要求是"开门见山，一语道破"。

中国科学院农业区划委员会委员李松华一接到任务，没有做第二个选择，就直接敲开周立三的门。这样的一个崭新的科研任务，不交给他交给谁呢，谁还能胜任这个艰巨的任务？在李松华的心中，周老是不二人选，纵然明知道周老已经年事已高。

面对李松华的要求，这位年近八旬的老科学家欣然同意了，干脆得让李松华有点不敢相信。在周立三看来，作为一名科学家，没有理由拒绝科学任务；这就像一名战士，没有理由拒绝战斗。这是每一位地理学家的使命。

李松华为什么要找到周立三领衔国情分析研究这个科研任务？这个问题的答案，要与周立三的科研历程联系起来。作为一名地理学家，周立三始终是与众不同的。就地理学研究事业来说，他的目光不只是地理、生态环境，而是已经放到了更加广阔的事业，诸如人口、资源等，他已经从国家的建设、人民的安居，来展开地理研究。这是跨学科、跨区域的综合研究。

回溯周立三的科学研究历程，这位著名的地理学家，长期坚持开展实地调查研究，几乎踏遍了祖国的千山万水。他对我国国情的基本情况、基本特点和基本矛盾，对我国农业、农村和农民问题，即今天说的"三农"问题，都有比较全面的了解和深刻的认识。这些我们可以从他撰写的一些书和论文中发现。如《中国综合农业区划》一书中，他与合作者一道从科学事实出发，破除陈词旧念和许多误区，大胆地提出我国农业生产存在资源破坏严重和生态环境恶化等问题。这种提法在当时的社会环境下是需要勇气的，甚至要承担很大风险。但周立三坚持实事求是的科学态度，支持正确意见并提出"要变粗放经营为集约经营，变恶性循环为良性循环"的有效对策。再如1983年，周立三发表有开创性意义的论文《太湖地区经济面临人口、土地和粮食的三大问题的挑战及其对策》，反映出周立三对当时发达地区经济快速发展的同时出现人口、土地、环境和粮食安全等问题的极大关心和担忧。

1984年，全国农业取得历史性大丰收后，全国上下盲目乐观，提倡高消费，致使以后几年出现忽视粮食生产、粮食产量停滞不前的局面。周立三曾多次在全国政协会议上发言或在报刊上发表文章，疾呼要重视农业，重视人口、土地和粮食这些关系国计民生的重大问题。

从20世纪80年代开始，我国开始进行这方面的软科学研究，如"2000年的中国"等，获得了不少具有战略意义的研究成果。但由于多种原因，从事类似课题研究的项目多为论证性和单学科性研究，综合性研究较少，且研究尺度不长，多限于中近期。

对于中国国情现状，当时社会上有两种认识：悲观的人只看到不利方面，如人口过多、人均资源量很少、人口的科技素质和教育素质很低、经济基础很差、人均GDP只有发达国家的四十分之一等；盲目乐观的人认为可以在很短时间赶上英、美等发达国家。认识上的模糊不清，对于决策而言往往是致命的。

"20世纪80年代后期，社会上追求快速致富，有水要快流，不惜破坏资源环境，不顾后果。"时任中科院院长的周光召曾回忆说，"当时整个社会舆论都认为中国地大物博，甚至包括一些领导同志都持这样的看法。"

对这种情况周立三早就提出了预警，还在各种会议上多次提出，这是一种掠夺资源的破坏性经营方式。周立三一针见血地提问题，给周光召留下了深刻印象。

我国的现代化建设需要立足国情并符合客观规律的决策。首先应该认识自己、研究自己，在详细了解他人的基础上充分地理解自己的强点和弱点。只研究某一方面，忽视另一方面就会出现不适，代价大而收获小。社会主义现代化的根本任务是发展生产力，从生产力诸要素的角度，对制约我国长期发展的主要限制因素进行综合性、系统性分析，特别是分析人口、资源环境与社会经济发展之间的相互关系、相互矛盾及其综合趋势，探寻发展途径和发展方式，提出相应的战略对策，是基本国情分析研究的重要任务。

"急国家之所急，想国家之所想。"周立三把这12个字当作研究小组的最高目标。

周立三欣然接受李松华的要求，担任国情分析研究小组组长。由中国科学院自然资源综合考察委员会、生态环境研究中心、系统科学研究所、南京地理与湖泊研究所等单位的一批科研骨干和青年科技人员组成课题组，在周立三的指挥下，以"认清国情，分析危机，消除错觉，寻找对策"为宗旨开展分析研究工作。

国情分析研究小组在周立三的带领下，对我国的人口、资源和生态进行长期的战略研究。用周立三自己的话来说："地理科学研究的最高境界就是综合集成！"他的跨学科的研究，也是超越地理学的研究、集大成的研究；既是专业性研究，也是综合性研究，更是战略性研究。

他的国情分析研究小组，正朝着开阔地带前进。

二、"拼命三郎"

周立三清醒地知道，国情是一个国家经济发展的基础，关系到民族生存发展的空间。对此，必须有一个真实、准确的认识，深入综合的分析，给出趋势性判断，并提出系统性的解决思路和对策。年近八旬的周立三，决定再拼一把。

为了坐镇指挥，统筹安排，随时了解课题的进度，周立三不顾家人的劝告，一卷铺盖，把家从南京搬到了北京。周立三当时落脚的并不是宾馆，而是住在和平里的女儿家，他不舍得住宾馆。后来由于在路上花费的时间较多，不利于工作，周立三才不得不搬到中科院第一招待所。那时的中科院第一招待所，人满为患，严重影响工作，周立三又被迫搬到了声学研究所的一个招待所。那里食宿条件很普通，周立三对此毫不在意，和他的助手、学生张落成同住。为了中国国情分析，周立三似乎忘记了自己已是老人。他夜以继日地工作，白天召集各方面的人员开会讨论，晚上约见各路专业人士，听取他们的真知灼见，并随时和在京的科研单位联系，协调国情分析研究小组的各种活动。

周立三那个"拼命三郎"式的身影，当年出现在新疆第二次综合考察时期，后来出现在江苏农业区划实验中，现在又出现在国情分析研究小组。

只要国家和人民需要，他随时全力以赴。

周立三与小组同志一起，以"生存中求发展，发展中求生存"为主题，同心协力地对中国国情进行系统的深入调查，细致分析，反复讨论。

周立三虽年事已高，但在研究问题时仍事无巨细，亲力亲为。科学无小事，每一个细小的失误，也许都会给国家和人民带来不可估量的损失。周立三在科学上认真执着的精神打动了研究小组的同志们。一个外单位的同志，有次给周立三提供资料，周立三发现其中的内容含糊，不够精准，大为生气。他把那个同志不留情面地训斥了一顿，说："你这不是对科学的糊涂，而是对国家和人民的不负责任啊！"

周立三接着说："国情研究，就是要站在国家的立场，全盘考虑国家的综合情况，为国家献策献计。不要小瞧这些研究，这些数字和文字里，都是人民的全部家当。"历史上农业遭受的重大损失所带来的惨痛教训，始终烙印在周立三的内心，所以他对自己和研究小组丝毫不敢懈怠。

国情分析研究小组的每一份报告，周立三都非常慎重，都要召开小组会议讨论，让大家畅所欲言，充分发表意见。每一个结论的得出，都要经过准确的论证。为了写好国字号的第一份报告，周立三不顾自己年老多病的身体，亲自执笔，撰写了两万字的《中国农村国情简要分析》，把自己的所思所得形成文字，为报告做准备。这也是后来的《生存与发展——中国长期发展问题研究》国情报告的雏形。

国情分析研究小组成员刘燕鹏在他的回忆中记述，周老对国情报告是字斟句酌。在写第2号国情报告《开源与节约——中国自然资源与人力资源的潜力与对策》的过程中，他写了一句"昔日内蒙古草原风吹草低见牛羊的景象早不见了"。后来周老审核时，删去了。他觉得非常可惜。周老跟他说，那种景象从来就没出现过。他似乎还想辩解。周老就详细地从地理学、生态学和植物学的角度，给他分析这个问题。周老说："文学作品写的是对草原的一种美好的感觉，而我们做科学的，必须从实际出发去探寻科学的真谛。我们的报告要经得起时间的考验。十年、二十年后再回过头看，报告的主要观点和结论仍是正确的。达到这一目标，唯一的途径，就是反复思考，反复修改。"

刘燕鹏没想到，一个小小的问题，周老早已经系统地思考过、研究过。那天，他很荣幸地听到一堂内容丰富、生动形象的课。

为了引起大家的广泛关注和高度重视，促进人们在经济发展进程中的科学思考，呼唤以科学精神求发展，以科学发展求进步，1989年，在全国政协七届二次大会上，周立三做了题为"认清国情、寻找对策、走出困境是时代赋予我们的历史责任"的发言。他指出，人口过多、劳动者文化水平过低、人均资源有限是我国经济发展的主要矛盾，而人口膨胀一时难以逆转，又是矛盾的主要方面。农业自然资源，由于长期低投入的传统开发利用过程中，未能认识到自然资源的整体性和有限性，掠夺式地过量开发利用，造成今天资源利用的不利状态。至于我国生态环境，也日益恶化。为此，只能选择非传统的现代化发展模式，即节约利用、杜绝浪费、低度消耗资源的生产体系，有效供应与适度消费的生活体系，以及与之配套的其他经济、社会体系。因此，要走出困境，我们必须不断加深对国情与民意的调查研究，减少盲目性，增强主动性，审时度势，寻找对策。

发言中，周立三还对制约中国长期发展的主要限制因素进行了综合性、系统性分析，特别对人口、资源、环境、经济、生存与发展之间的基本矛盾、基本关系、基本趋势进行了系统研究，提出2000年乃至21世纪上半叶实现持续发展的基本战略与主要对策。

自1986年起与周立三共事多年的胡鞍钢回忆说，周立三"不仅要求我们做出科学的研究、科学的表达，还要做到'雅俗共赏、一看就懂、便于记忆'的社会表达"。国情分析研究小组反复锤炼，精思苦吟，最后在《生存与发展——中国长期发展问题研究》报告中这样描述当时中国国情："人口过多，底子过薄，教育文化科技水平低，资源相对紧缺，人均国民生产总值仍居世界后列。"这就是当时中国国情最基本、最核心的表述。

"我国人口众多，资源相对较少"这一论断，就是在周立三国情分析第一份报告中提出的。这个说法，具有重大的历史意义，直到今天国家仍然在延续这个论断。这是周立三院士对中国国情分析研究的重大贡献。

农林专家吴楚材在回忆关于周立三院士的往事时是这样记录的：因为国家的需要，周立三接受了国务院农村发展中心这项难度很大的任务——中国国情分析研究。他带领国情分析研究小组全体同志，身体力行，不辞劳苦，此研究工作长达十年之久。记得受周立三委托，他负责第2号国情报告——《开源与节约——中国自然资源与人力资源的潜力与对策》的执笔。那个夏天天气特别炎热，他们到南京汇报。周立三总是第一个到达宾馆，就在宾馆的房间里讨论。这样整整持续了一个星期，上午讨论，下午让他们看材料，思考问题，修改稿子。尤其令人感动的是，在周立三疾病缠身的最后日子里，仍然关心国情研究的进展。他甚至把讨论的地点搬到了病房，在病房的轮椅上听取研究小组的汇报。在语言严重障碍的情况下，他一个字一个字，吃力地做出指示。

在中国国情分析研究上，周立三院士反复强调，国情研究具有长期性、战略性、前瞻性。他倡导跨学科和多学科的联合研究，他更关注研究质量和研究深度，他强调研究成果的社会效益和影响。成果不只要在学术界产生影响力，最重要的是要对国家发展战略、对关系到十几亿人口的国计民生具有重要意义。为此，他们的国情研究既进行历史性考察，又作前瞻性长期预测分析，既进行国内可比性研究，又进行国家间的可比性研究，从而为适合中国国情制定适宜发展战略提供科学研究背景，提供战略决策知识。

1991年4月，在周立三的建议下，中国科学院地学部召开了"中国资源潜力、趋势与对策"的研讨会，邀请了地学部的几十位学部委员和科学家，围绕如何在中国国情条件下建立资源节约型国民经济体系这一主题开展前瞻性的战略研究，会上周立三做主旨发言，提出了人口与资源的矛盾将长期制约中国的经济发展。在这对矛盾中，矛盾的主要方面是人口。周立三和国情分析研究小组所做的报告，得到广大院士、专家的好评。尤其是建立"资源节约型国民经济体系"的观点，受到了党和政府的高度重视。

在周立三的领导下，研究小组的同志撰写了中国科学院地学部给国务院的《我国资源潜力、趋势与对策——关于建立资源节约型国民经济体系》的咨询报告，前瞻性地提出了"建立资源节约型国民经济体系，是解决（中国）资源危机的基本对策"。对这一体系的构想概括为：建立以节地、节水为中心的资源节约型农业生产体系；建立以重效率、节材、节能为中心的资源节约型工业生产体系；建立以节约运力为中心的综合交通运输体系；建立以节约资本和节约资源为中心的科学技术体系；建立以适度消费、勤俭节约为方式的生活体系；建立社会分配合理、注重社会效益的社会保障体系。这一成果成为中国科技界（主要指中国科学院地学部）一次重大学术共识和学术贡献。

1996年春节前夕，86岁的周立三突然中风，左侧半身不遂。可是他依然没有停止对国情分析的研究工作。一旦病情稳定，他就喊来当时的助手、秘书张海亮，一起探讨学术问题，直接确定国情研究第7号报告"民族与发展"的主题，并针对研究线索进行指导，对中国棉花生产的"东棉西移"和新疆棉花生产基地建设进行研究。

张海亮后来只要一想起当时的情景，心中就不禁激起阵阵涟漪，泪湿纸笺。

三、国情报告

1989年10月，这个时间我们应该铭记，尤其是对了解国情报告及关心国情的人们。周立三和他的国情分析研究小组，在多方的协作和努力下，发表了第1号国情报告《生存与发展——中国长期发展问题研究》。这是这位八旬老人和自然资源考察委员会、生态环境研究中心、南京地理研究所等多家单位心血的结晶。

现在，我们回过头来看周立三领导下的那几份国情分析研究报告的主标题——"生存与发展""开源与节约""城市与乡村""机遇与挑战""农业与发展""就业与发展""民族与发展""两种资源两个市场"。这史诗般的框架，完全超越了一个普通地理学家的视野，分明是站在了国家和民族肩膀上的高瞻远瞩的设计。

完成第4号国情报告时，周立三已经病卧在床了。躺在病床上的周立三，牵挂的不是自己的风烛残年，而是后续报告的开展与落实……

这一份份国情报告是中国自己的科学家从地理学的角度，给祖国提出的长远而详细的根本性决策建议。回顾我们走过的艰难历程，国家从贫穷落后到现在的繁荣富强，我们不难发现，从某种意义上讲，我们国家发展到今天，是与当初对国情的准确认知分不开的，因为有当初的准确认知，才有了国家后期的科学决策与得力规划。有人说，国情报告是中国科学院扮演着国家"战略决策思想库"角色的最早研究成果之一，也是周立三带领科研人员开辟的一个新领域。

第1号国情报告深刻分析了制约我国发展的人口膨胀与迅速老化，资源紧缺与承载力极限，自然环境恶化与生存空间狭小，粮食需求扩张与粮食增产艰难等多重危机。报告指出上述的多重限制因素，决定了中国改革与发展的长期性、艰巨性与痛苦性。中国的现代化只能坚持持久战，走我国独特的节约资源，适度消费的发展模式。在相当长的时期内，中国的基本国策应当是："计划生育，控制人口；较高积累，适度消费；普及教育，发展科技，推尚文明，节省资源，保护环境；改革开放，持续发展，长期奋斗。"

至今看来，国情分析研究小组当时提出的中国发展面临多重困境、现代化要打持久战和要走非传统发展模式这三大观点，仍然振聋发聩。

在此之后，周立三亲自主持国情分析研究小组撰写第2号国情报告《开源与节约——中国自然资源与人力资源的潜力与对策》。该报告专门讨论我国人口与资源的矛盾，认为这对矛盾始终是制约我国社会经济发展的核心问题，其他诸如粮食问题、就业问题、住房问题、环境问题等基本上都是这对矛盾所派生出来的。该报告更加明确地提出和充分论证了在中国国情条件下建立资源节约型国民经济体系这一战略构想，同时还前瞻性地提出，越是自然资源相对不足，越要大力开发人力资源。开发人力资源是中国经济长期发展的一项基本国策。

1994年问世的第3号国情报告《城市与乡村——中国城乡矛盾与协调发展》，针对城乡二元结构矛盾，提出城乡协调发展和加快城镇化战略决策的论述。

1996年问世的第4号国情报告《机遇与挑战——中国走向21世纪的经济发展目标和基本发展战略研究》，是对前面三份报告的总结与展望，提出21世纪我国经济发展的战略目标与基本发展战略，指出21世纪中叶我国人口数量将达到16亿，人口过多与资源相对紧缺的矛盾将远比当时尖锐。解决的主要办法是节约与合理利用资源，在没有大的战争动乱前提下，预期在2020—2030年，我国经济总量将达到世界第一，2040—2050年人均生产总值达到21世纪发达国家平均水平，21世纪末要赶上发达国家水平是可能的。

后来相继发表的《农业与发展——21世纪中国粮食与农业发展战略研究》《就业与发展——中国失业问题与就业战略》

《民族与发展——加快我国中西部民族地区社会经济发展研究》和《两种资源两个市场——构建中国资源安全保障体系研究》4份报告，是周立三在病床上指导的，也是根据他的思路撰写的，均与协调人口、资源、环境及经济社会持续发展的关系这根主线相串联，既相互衔接又各具特色，并提出了许多重要观点。例如《农业与发展——21世纪中国粮食与农业发展战略研究》针对粮食问题，提出采取"立足国内、基本自给、适度进口、促进交换"的方针；《民族与发展——加快我国中西部民族地区社会经济发展研究》针对中西部民族地区的经济社会发展问题，提出实施"四个加快""三个重点突破""跳跃式发展"的发展构想；《两种资源两个市场——构建中国资源安全保障体系研究》针对石油为重点的能源问题，提出"构建中国资源安全保障体系"等，论据有说服力，视野广阔，高瞻远瞩，均是以国家利益为目标提出的决策建议，有很大的理论与实践意义。

这8份报告，每一份都是以协调人口、资源、环境与经济社会持续发展的关系为主线，都是对国情做实事求是的分析。大胆且精辟的论述，立即引起了中央的重视和学术界的赞扬，一位院士评论说："切中时弊，雅俗共赏。"其中许多论点被党和政府采纳，成为制定我国经济发展方针政策的重要科学依据。这是周立三对经济发展尤其是农业经济理论的重大贡献。

为了让人们充分而及时地了解国情，减少认知上的误区、战略上的失误等，促进正确科学的决策，周立三在前面4份国情报告发表的基础上，撰写了普及性文章《中国国情的简要分析》，以1.2万字对基本国情与突出矛盾、多重矛盾与战略抉择、基本战略与宏观对策三方面进行阐述，将十分复杂的科学问题说得清晰明了，曾多次在中央党校讲演，并公开发表出来，产生了很大的社会影响，有力地促进了我国国情教育的普及与发展。

周立三除了在上述四个领域取得重大成就外，对我国森林生态建设也做出了重要贡献。周立三是我国第一次（20世纪70年代）森林资源普查的积极推动者、"三北"防护林地区综合农业区划的指导者和参与者，也是我国最早提出资源节约利用、建立节约型经济体系理论的倡导者之一，为今天实行科学发展、建设节约型社会和提倡低碳经济提供了重要的理论基础和科学依据。

中国科学院周光召论及周立三时说："周先生对国情有着深刻的了解和认识……这些都是建立在中国地学工作者，包括他自己，对各地广泛而深入的调查结果之上，论据非常充足。在他的努力推动下，国情研究成为中科院重点支持的一项工作，而且重点向社会推介，让各级领导和社会大众了解中国的实情。"

"在国家经济建设快速发展的当头，他以高度的责任感、敏锐的洞察力和大无畏的气概，不顾及偏见和压力，率领国情小组向全中国发出了适时的忠告，成为'解放思想、实事求是'

的表率。"

中科院学部联合办公室学术秘书孟辉对周立三十分熟悉。她说:"真正的科学家,不仅能够看到问题,更主要是在现实中针对重大问题身先士卒,进行认真、翔实、慎重的调查研究并提出真知灼见。其观点既现实又超前,更为历史所验证。"

后来南京地理研究所的继任所长虞孝感在忆及导师周立三时说,中国国情分析研究,尤其是其中关于人口资源环境与经济之间相互协调发展的思想,以及中国现代化发展的基本思路,完全呈现出周立三作为一位战略科学家的学术思想,其与当时先进的欧洲现代区域发展思想不谋而合,有着超前的意义。

1997年,中国国情分析研究(1—4号报告)获中国科学院科学技术进步一等奖,1998年获国家科学技术进步三等奖。

第七章　河山之上

Chapter Seven

一、踏遍山河

"为什么我的眼里常含泪水？因为我对这土地爱得深沉。"艾青的这句诗，或许是对中国科学院院士周立三一生最好的诠释。

在周立三的地理学研究生涯中，理论研究和实地考察始终是联系在一起的。周立三认为，地理学本身就是一门区域性、综合性和实践性很强的科学，必须要面向自然，面向社会，深入实践，掌握大量第一手资料，并从中较快地增长自己的知识和才能。周立三的地理学研究，主要是经济地理研究，是与大地紧密相连的，要解开大地的密码，找到农业经济发展之门，这正是国家经济建设所需要的。

对大地的追寻和掘进，对周立三来说，就是他一辈子的使命。这个使命，早在中山大学读书时候，周立三就已经听到了它的召唤。当时德国的野外考察，走在世界地理学的前沿。周立三在德国教授的言传身教下，迷恋上了野外考察。

的确，科学研究怎么能脱离实践，更何况是地理学研究？

周立三始终坚持野外考察。无论是在抗日战争时，还是在南京解放的前夕，周立三坚持在成都、南京见缝插针地开展野外考察。1949年前，周立三跟随以外国专家为主的西北科学考察团，深入新疆、甘肃，开展为期6个月的科学考察。那次考察，周立三从南疆走到北疆，穿过无人沙漠，攀过博格达峰，把新疆的整个区域走了个遍。

周立三视野外考察为地学研究的生命。他历来反对科学研究囿于书房、办公室。只有面对自然，面对社会和人类，这样的科学研究才会有生命、有活力。周立三的科学研究，始终与国家的富强、人民的幸福相向而行。他就像一股清泉，带着水的生命，走遍祖国的大江南北，在河流、山地、沙漠、丘陵以及平原，都留下足迹。

从旧社会走过来，经过饥饿、战争和贫穷考验的周立三，他最懂得土地。对于中国千千万万的农民而言，土地就是命根子。科学的生命与魅力，就在于为人类造福。这也是周立三走一条农业经济地理之路的初衷。科学应该为国民服务，为经济服务。而经济的支撑点，就是对大地的拷问和解读。在地理学上，他始终靠近着农业，靠近着粮食。他一步步向前走，向着科学地理，向着国家经济，向着民族的未来。

熟悉他的人，没有一个人不说他是科学家里的"拼命三郎"。周光召在给周立三的赞誉中说，他是时代的先锋，科学家的楷模！即便在生命的最后阶段，一个耄耋之年的老人，依然渴望坚守在科研的岗位上，生命不息，工作不止。

当时，周立三被一种极端的自然现象——"厄尔尼诺现象"所吸引。

这种气象对人类与自然的破坏和影响是巨大的，已经引起了世界各国科学家的共同关注；在20世纪80年代末90年代初，也同样引起了中国地理学家的高度关注。厄尔尼诺现象会造成海平面的上升，局部地区的地面严重沉降。中国科学院决定，组织一批院士，针对厄尔尼诺现象对海平面的上升、国家经济建设和我国沿海经济发达地区产生的影响，开展考察与研究。

周立三作为中国地理学的一代宗师，其科学成果令世人瞩目。厄尔尼诺现象的研究，怎么能少得了他呢？但是中国科学院的组织者，没有邀请他。不是不想邀请他，而是此时的周立三院士，已经83岁了。生命是有限的，科学是无边的，奋斗了一辈子的周立三，也该歇一歇了。

周立三先生得知此事后，竟然不顾年老体衰，亲自找到中国科学院，要求参加考察，这让当时负责这一项目的孟辉非常为难。受当时的中国科学院地学部主任涂光炽先生之托，孟辉亲自上门去劝周立三院士，告诉他此次考察路线长，周期长，有些地区路况很不好，他的身体可能吃不消！

周立三却执意要去。他对孟辉说："眼下中国东部正进入经济建设的高速发展时期，如果这种发展能够全面地、科学合理地布局还好，但恰恰不完全是这样。有的地区经济发展过热过猛，一味追求经济效益的短视行为，严重忽略了长远的根本利益，这种发展要吃亏的，吃大亏的。现在遇到厄尔尼诺这个世界性的难题，我们必须做出成绩，避免国家经济发展再遭受挫折，历史的教训还不够深刻，代价还不够大吗？"

周立三的一席话，让孟辉无话可说，她没能完成涂光炽主任交给她的任务。

"东南沿海地区尤其要根据自己的情况，加强科学规划，依赖科学技术发展合理布局。海平面上升只是一个自然现象，它将会产生什么影响及影响的速度都需要认真研究，但更值得注意的是它背后的东西，诸如厄尔尼诺，它所带来的影响绝不只是海平面上升，它潜藏着更大的危害，我们不能不有所警惕，一方面要抓紧研究，一方面要和沿海各地领导干部讲清楚，这是我们的一种责任，也算是把科技知识送上门吧！"

周立三的话掷地有声。地学部主任涂光炽也无可奈何，他无法拒绝一个科学家赤诚的情怀，最后只好同意了周立三的请求。

周立三，就像一位大地赤子，徜徉在祖国的怀抱里。他沿着广州—惠州—东莞—顺德—珠海—深圳—广州的路线，细致地开展实地考察，人文、地理、气候、土壤，等等，都在周老的视野里。当他看到当地一些不符合经济发展的做法，或者违背了地理状况和自然规律，就不断地向当地的领导、管理干部和科技人员进行解说。遇到人多的时候，他就停下来，不顾身体的疲劳以及高龄，在当地做报告、开讲座，讲清楚当地地理实情以及所面临的危机，以期引起当地政府的高度重视。

生态环境与城市建设的问题，在当时已经成为经济建设必须重视与关注的课题了。人类在改造自然中已经吃了不少生态破坏带来灾难的苦头。现在大家都读懂了生态对人类生活的影响和作用，可是在20世纪90年代初期，这还是个新鲜的话题。周立三在珠海考察时就提出了这个看法。周老注意到珠海在挖山填海建造大片楼群，当时的他显得很不安。为了再次确认，他跟当地的官员要求再次去看看那些被挖得残缺不全的山丘和那密密排列的楼群。同时，周老还请来随行的同行张宗先生，一起计算着石方量和土地承载力，讨论海平面上升将会对这些海上楼群有着什么样的影响。结果得出，这样的建设，分明是以牺牲资源、破坏生态为代价，以大搞房地产业换取经济利益。这是饮鸩止渴啊！这笔账也许现在看不出来，但终有一天是要还回去的。

周立三忧心忡忡地找到珠海市市长，把他的忧虑和盘托出。那位市长当场把周立三的忠告一字一句地记在本子上，并当场表示，这是关系到珠海市如何在科学技术的指导下健康发展的关键问题，一定要认真研究，届时聘请周立三为顾问，盼亲临指导，市政府一定认真落实科学发展。

周立三在参观完深圳新建的国际机场时，对市内工业、第三产业的布局提出了不少问题。当时深圳市主管科技的副市长感叹道，周立三谈的问题切中要害，深圳市在全面科学规划城市发展中需要认真研究这些意见，并表示难得听到这种远见卓识，难得有像周立三这样的大科学家如此细致考察和指导市政府的工作。

不虚此行。周立三的南方考察，给当地的经济发展带来一定的科学指导。这也让人们看到了一代科学家身上闪烁的光芒。当珠江三角洲的考察工作结束后，按照周立三与孟辉事先达成的"协议"，他应从广州直接返回南京。

然而发生了点"意外"。孟辉很快就发现周立三并没有随考察组返回南京，而是自己"私下"联系了广州地理研究所的同志，重返考察过的顺德再行"补点考察"。

孟辉大惊，急忙向周立三询问此事，并对他提出了"批评"，反复表示了大家对他身体的担心以及学部领导对他的纪律约定。

周立三有些不好意思，满面笑容地对孟辉说："对！对！对！你批评得对，这次是'先斩还未奏'。可是这次去补了点，下次不是就不必再跑了吗？还可以节省路费呢！孟辉同志请赦免，下不为例总可以吧？"

周立三一副老顽童的样子，让孟辉是哭笑不得，不知道说什么好。于是，只好千叮咛万嘱咐他身边的陪同人员和司机照顾好周立三。

1992年春节前夕，周立三为了准备全国政协提案，先后到无锡、江阴等地实地考察土地经营规模和农业机械化情况。当时天气很冷，他在无锡有关部门的协助下，深入华庄、坊前、钱桥、玉祁等乡镇、村庄进行调查，直接找农民和基层干部开座谈会。周立三一边提问，一边记录笔记，就像一个小学生一样，没有一丁点儿院士的架子，这让在场的人非常感动和震撼。这次调查，前后经历了一个多月的时间，后来周立三的"关于加强国产农业机械研制"的提案，得到了中央有关部门的重视。

1993年，周立三参加全国人文地理专业会议，在大会上发言勉励中青年地理学家，应当不畏艰难险阻，勇于攀登科学研究的顶峰。当时陪同周立三前往的是南京地理研究所的姚士谋同志。姚士谋原以为这就是一次会议，报告结束后他就可以和周立三返回南京。谁知道会议结束后，周立三竟然又去大理、保山、瑞丽等地开展起实地考察，并且到了瑞丽最偏远的三个小镇进行考察。

周立三的心里，装的永远是地理学事业，走到哪考察到哪，丝毫不放过任何机会！

1994年，周立三到广州参加中山大学70周年校庆。

结束后，周立三对身边的人说，他要到海南省开展调查。这让大家愕然，却也在他们的意料之中，这已经不是一回、两回的事情了。就这样，周立三在海南分别考察了海口、三亚、通什、五指山等地。

周立三把自己的一生完全交给了地理研究事业，不论何时，年轻还是年迈，他都不放弃任何一个野外考察的机会。

尤其让人难以忘怀的是，1996年初，就在周立三发病前的一个月，已是86岁高龄的他，还坚持参加中国科学院院士到江西、广西、广东等红壤地区的考察。

这是他一生中的最后一次考察。红色的土壤，是大地留给他的最后印记，也是周老那颗始终为大地，为国家跳动的红色之心。

二、和恩师在一起的日子

做周立三的学生，到底是一种怎样的幸福呢？

只要一谈起恩师，他的学生们就有说不完的话，可谁都没有办法讲清楚他到底是一位怎样的恩师。也许可以用陈子昂的那两句诗来总结他："前不见古人，后不见来者。"

1973年的春天，南京地理研究所要在仪征开展农业生产条件与稳产高产类型调查。这项调查十分重要，研究所上上下下都给予足够的重视，经济地理、自然地理等四个学科的科研人员都参加了，共30余人。这其中就有周立三的学生吴楚材。

参加这样重大的科研项目，对吴楚材来说，是忐忑与兴奋并存的。兴奋的是终于有机会参加这样意义重大的项目，忐忑的是自己一个毛头小伙子，有能力完成项目中的任务吗？

当时周立三已年过花甲，但他一样和年轻人一起风餐露宿，深入田野调查。那时吴楚材明白，自己遇上了人生中一位不可多得的导师。

对于科研人员来说，大自然就是最好的课堂。周立三把课堂搬到了野外。只有在水中才能学会游泳。他们师徒一起深入乡村阡陌，跟着农户一起到田间地头，观察、填图。周立三手把手地教吴楚材如何观察土地、作物长势以及如何填图、用笔。这些细致入微的指导，令吴楚材倍感温暖。

吴楚材甚为感动并至今铭记的是，导师周立三教他学会如何与农村干部和农民座谈、提问。他当时有点疑惑，跟人谈话，还用学习？周立三觉察到吴楚材的心里想法，严肃而慎重地告诉他，农民是土地的知心人，跟农民提问题，口气上一定要和蔼，要用讨教的口吻，不要用高高在上、命令的口气说话，否则他们会很害怕，不敢畅所欲言。

吴楚材后来读懂了导师周立三对大地的了解和对农民的尊重。一个人只有对土地有了深刻的感情，他才会对农民有更加深入的了解和关怀。

那年仪征的夏天有点怪，热得要命，整个天空就像个大火炉，树上的知了一个劲地叫，那让人烦躁的声音，破锣似的，传到耳朵里，生疼。人只要一动，汗就淌出来了。许多同志热得受不了，找个借口回南京休假去了。周立三没有一句劝阻，包括对吴楚材，他只是埋头工作，以身作则。

顾人和是周立三带的研究生之一。

他回忆研究生学习期间，周立三有好几次"不耻下问"，向他的学生讨教研究工作中遇到的一些问题。这让他的学生触动很大。

那时候，周立三正致力于国家农业地图集的编写工作，关于中国农业史的部分，他预先请南京农业大学农史研究室的几位老先生，按断代史的次序共编了三幅图，在最后统稿时，须紧缩版面，打算将这三幅图精简成为两幅。周立三前来征求修改意见，问学生顾人和当如何处理为好。经过反复考证比较，顾人和建议将"秦汉—魏晋南北朝"部分的各种要素加以合理拆分，然后将其分别融合到前后两幅图中。顾人和向周立三系统阐述了如此改编的具体理由，并就如何处理图名、地名前后不一致等问题提出了可行的技术方案。周立三欣然同意了这一方案，并对此大加赞赏。

后来，顾人和陪同周立三到广东东莞等地，考察研究正处在改革开放前沿的珠江三角洲地区农村经济发生的演变。丘陵地区交通不便，周立三不顾自己年事已高，常常不辞辛劳地长途跋涉在崎岖的乡村小路上。考察工作结束回到广州，周立三分别拜访了他已多年不见的老同学、老同事叶汇、梁浔、钟功市等，由于时间安排紧凑，谈话一般都不超过一个小时。老同学楼同茂先生已谢世几年，周立三还特意带着礼品专程赶到楼先生的家中，在楼先生的遗像前默哀致意，向他的妻子和子女表示亲切慰问。

顾人和说，你别看恩师平时不苟言笑，其实他内心世界真挚细腻，是非常重道义、重友谊的性情中人。

关于这一点，周立三最后一个博士研究生弟子张落成，也是深有同感。当年，出于对周立三学识和人品的仰慕，第一个报考了他的博士研究生。在同周立三多年的接触中，周立三的一言一行对他影响极深。

周立三教导张落成"生活上要知足常乐、工作上要不知足常乐"，还告诫他"要想在科研上有所成就，就要打算过清贫的日子""做人要脚踏实地"。他考虑到张落成在南京大学所学的专业是自然资源，根据课题的需要，在充分尊重他本人意愿的基础上，建议他在土地利用方面继续做些研究。

周立三说："你是农民的儿子，对农民有深厚的感情，如果让一个城市里长大的学生来做这项工作，显然不太合适。"

因此，与周立三第一次接触后，张落成就确定了自己毕业论文的研究方向，即从事农业土地利用方面的研究。周立三把自己1979至1989年所有《自然资源》杂志和国外学者史坦普编著的《英国土地利用》等书借给他学习和参考，让他了解国内外有关土地利用研究的动态。

在以后的接触中，周立三不断把他多年室内和野外工作的宝贵经验毫无保留地传授给了张落成。周立三教导他在野外调查中要多乘坐长途汽车而不要为了方便乘坐火车，这样可以更清楚地了解各地区的自然条件、特点和地域分异规律，农民有很多宝贵的经验，要深入农村去与农民打成一片。

张落成一直牢记导师周立三的吩咐，野外考察时坚持多乘坐汽车。20世纪90年代初期，张落成和吴楚材在为撰写专著《中国农业区划的理论和实践》所做的前期考察中，他们乘车曾经从陕西西安经四川平武到甘肃平凉，从而对黄土高原的地形地貌景观及土地类型特点有了一些认识。而为撰写国情报告到西南地区考察时，当时交通不太方便，从云南昆明到大理、西双版纳等地方，坐汽车要花10多个小时，翻山越岭，非常艰难，而乘坐飞机只要一个多小时，但他们均克服了困难，坚持乘坐长途汽车考察。尽管辛苦，但确实获得了比坐火车或飞机更多的认识和第一手资料，为第7号国情报告的完成积累了宝贵的素材。

周立三把学术看得很纯粹。他的毕生心血都浇灌在地理学上，对学问的事超出寻常地严谨认真。我在采访中听到一句闲话，让我记忆深刻。有人说，在当下，跟导师"走个关系"，在外面的刊物上发个文章，这种现象也是有的。可是在周立三那里，是绝对不可能的。

张落成说，恩师对学生要求极其严格，不合格的论文在他那儿是绝对通不过的，好几个硕士研究生因此都推迟了论文答辩。他的每一篇文章，只要请恩师看，周立三都会认真详细地提出修改意见，他发表的许多文章都凝聚了恩师的心血。张落成讲到，在硕士论文完成以后，他唯一一次找到导师周立三，希望他能够帮着推荐一篇文章在《经济地理》杂志发表。张落成当时以为他肯定会同意，没想到周立三严肃地对他说，你的文章如果质量高，不需要我推荐；如果质量不够，推荐也没有用。可以说张落成所取得的每一点进步都是周立三院士严格要求的结果。即使在住院期间，周立三仍未放松对几个学生的要求，让他们每一两个星期去汇报一次工作中新的收获、心得体会和碰到的问题，以及课题和论文的进展情况。

让张落成感动的故事很多很多。他成家以前，周立三知道他家境困难，每次回家探亲，恩师总要让他带些礼物回去。后来，他的儿子出生后没几天，恩师和师母两人不顾高龄，亲自到他家中看望，还硬塞给他孩子几百元红包。他儿子小时候经常生病，每次他到老师家中，周立三都要询问孩子的身体情况，甚至在自己生病住院期间还时常关心他的孩子。

血乳大地

周立三的一生，是为科研奋斗的一生，是贴着大地奋斗不息的一生。

周立三以贴着地面的方式，在中国的山河里，寻求救国之道。大地承载着众生之根本。周立三就从地理学出发，靠近泥土，靠近农业，靠近一个国家的前途命运。他以经济地理学为目标，以中国农业区划和国情分析两大杠杆，撬起中国千山万水的经济命脉，他翻山越岭，栉风沐雨，风餐露宿，奔走在祖国山河的每一个角落，他要从一粒沙子、一枚石子、一条小溪，找到海洋、高山，找到中国大地的命脉。

周立三总是这样教导他的学生和年轻同事："科学研究工作，首先要考虑到国家的需要，要把自己的前途与国家的命运联系在一起。国家国家，先有国，后有家，做任何研究工作首先得考虑国家。"

科学研究的大道上是没有坦途的。周立三也是经历不少坎坷的。在"文化大革命"时期，周立三在农业区划研究工作中讲了真话，被戴上"反党""反社会主义"的帽子，走过一段昏暗的路。好在周立三内心无比坚定，始终不改对大地的使命、对地理研究的热爱、对祖国的忠诚，他没有被打倒，毅然再一次举起了农业区划这面实事求是的科学旗帜，提出了按照自然规律指导农业布局的战略方针，为国家农业的恢复和发展提供了重要的决策依据，取得了世人瞩目的成绩。

一个内心没有坚定信念的人，在那段特殊的岁月里是很容易被击垮的。

到了20世纪80年代末，国家经济建设迅速发展，但与资源、环境的承载能力、人口的持续增长之间出现了新的深层次的矛盾，尤其是从长远发展战略来看，中国将面临资源紧缺、环境污染等新的问题。此时周立三年事已高，可是他始终为国家分忧着，以高度的洞察力和追求真理的勇气，开创了史无前例的国情分析研究工作，开中国可持续发展研究的先河。他在报告中指出，中国的现代化建设应走持久战的道路，应建立资源节约型的国民经济体系，提倡居民过适度消费的生活模式。这对全面认清中国国情，克服盲目乐观情绪，实事求是制定发展政策起了重要作用。

"六五"期间，南京地理研究所的陈家其同志参加国家攻关项目——"太湖平原地区水土资源与农业发展远景研究"，他在其中承担水资源规律研究。那是一个春天的早晨，周立三把他叫到办公室，说："告诉你一个情况，长办（长江流域水利委员会办公室）对1954年大水很感兴趣，他们搞实测资料的很想知道，从历史的序列来看，1954年大水到底属多少年一遇，近期何时可能再现，这关系到防洪设施的大事，你的工作能否朝这方面做些努力？"

周立三还告诉陈家其，水利部、长办不久要在莫干山召开"太湖流域综合治理骨干工程可行性研究"报告论证会，要他参加这个重要的会议。这让陈家其感到激动又倍感压力，他清楚这是周立三对他的鼓励与鞭策，担忧的是怕自己给他带来失望。

数月后，带着初步的一些认识，陈家其参加了会议，会后继续深入研究。周立三告诉他："秋后长办要修改可行性报告，你的工作一定要抢在秋前，拿出意见，为生产部门所用。"

几个月过去了，陈家其向周立三汇报全部工作和取得的结论时，周立三高兴地说："应立即报告长办。"当周立三看出他尚有些犹疑时，便问把握如何，陈家其鼓起勇气说："预报是在风口浪尖上的事，我只能说趋势分析，我相信，通过这一番工作，谈大势是不得错的。"周立三听罢说："那好，你应立即起草个报告，一要明了，二要实事求是，由科技处以地理研究所的名义报告长办。"接着又语重心长地教导他说："做工作要想国家之想，急国家之急，做了工作要给生产部门应用，发挥作用。要勇于提出意见，承担责任，问题不在于报不报，而在于怎么个报法。"陈家其懂得周立三的言外之意，重在实事求是。

于是，陈家其十分谨慎，字斟句酌地拟了个简要报告，论述近期大水的可能性。以后的处理都按周立三的意见办了，事实证明此举取得了很好的效果。

太湖流域管理局黄局长清晰地记得，只要周立三一碰到他，第一句话总是："老黄，我们的研究成果用上了没有啊？"只要知道用上了，周立三就会像个天真的孩子似的满意地笑了。

那是一颗对大地的赤子之心啊！

周立三把研究高产、稳产农田的实践放在了仪征。为了切实找到农业经济之路，很长一段时间里，他把自己留在了仪征，留在了丘陵山区和平原地带的田地里，吃住和农民在一起，一起耕种、灌水，一起守候扬花、灌浆，直到庄稼成熟。

那一年的春节有点特别。因为周立三在春节跟前去了仪征。原来他在对仪征进行实地考察后，结合当地生产条件，不仅验证了"卫星田"的虚假和浮夸风，而且还给仪征的农业生产布局提出了解决之道。周立三一找到解决的办法，就按捺不住激动和急迫的心情，想把自己的发现告诉仪征的领导。在他看来，早一点告诉他们解决农业生产的办法，就是给农民早一点带去生活的希望。

周立三不顾家人、同事的阻拦，一个人带着报告，乘坐客车，去了仪征。这让当时的仪征县领导非常感动。他们都深深地敬佩眼前这位地理学专家周立三，被他一心为民的精神所打动。

在周立三的字典里，没有退休、节假日之类的字眼，只要国家需要，他一天也不休息。周立三直到临去世时还在工作着。

1996年春节前夕，周立三再次进京，主持国情分析研究小组的工作会议。以往，周立三是从不参加团拜会之类的活动的。这次院士团拜会像以往一样给他送来请柬。没想到，周立三这一次答应参加了。他说："趁现在还能动，我还能说话就多说点，多和大家见见面吧。身体一年不如一年，下次的机会恐怕不多了。"

几天后，大年初一，从南京传来周立三突发脑梗住院的消息。此后，周立三离开医院的日子就很少了。

重病中的他始终还在坚持领导国情分析研究小组的工作。他非常关心每个子课题工作的进展情况，经常询问研究进展。头脑清晰的时候，他还给北京中科院打过去几次长途电话汇报工作。

周立三在电话中费力地说："我当然也想去北京，可身体已不允许了……当然，我还打算病好以后继续工作。我还有许多事情要做。"

实际上那次脑梗病发，也不是第一次了。周立三自己十分清楚，因为在家里摔倒过几次，医生已经提出警告，必须马上住院治疗，可是他坚持没有住院，而且也不跟所里讲，直到生命遇到危险时才住院。

1997年周立三获得香港何梁何利基金地球科学奖，15万港元的奖金，是奖给周立三个人的。但周立三还是执意拿出10万元奖金给了所里，自己只留下5万元。这奖金后来在当时虞孝感所长的提议下，设立成周立三基金，作为奖励优秀青年科学家的经费。20多年来，获得奖励的青年才俊，均成为南京地理研究所的重要科研领军人才。

周立三全身心地扑在工作上，扑在祖国的农业地理上。大地是承载亿万人口的粮袋。周立三是从旧社会过来的，经历过饥饿和困苦，所以他对待自己以及家人，总是格外地严厉。

周立三这些行为有时候家里人都不理解。比如，他办私事从不坐公家的车，经常去挤公共汽车，即使生病住院期间，也不肯用所里的车。他的女儿上小学时，从所里拿了一张印有地理研究所的格纸写作文。周立三看到了，严厉地批评她，这是公家的纸，以后不能随便拿。周立三平时给地理界的老朋友写信，信纸、信封以及邮票，都是他自己掏腰包的。所里后来给他配了一部电话。一次外孙女要回南京来，他的女儿想打电话询问一下，随手摸起父亲办公室的电话就打，结果遭到了父亲的严厉责备，周立三说，这电话是公家给我办公用的，不可以随便打。

周立三的家人，尤其是在林业部门工作的大女儿周蜀恬，对父亲不是没有怨言的。1955年，国家组建"西北林业建设兵团"，林业部把周蜀恬等一批年轻人，从北京调到西北建设兵团。当时周蜀恬因要陪伴多病的母亲，不想去西北，想请父亲找找关系。周立三严厉批评了她，并说："西北虽然条件差一些，但是国家需要你们这些年轻人去改造。"后来，周蜀恬一直在林业部综合调查队工作。直到党的十一届三中全会以后，经中央批准，综合调查队被调回北京，周蜀恬才随着大部队回到了北京。

周立三病重期间，曾对夫人吕庆如说，自己一生还有三个夙愿没有实现：一个就是博士研究生张海亮的学业没有画上句号。另一个是去台湾看望朋友的愿望没有实现。周立三说的朋友，就是他的发小万绍章。1949年后，万绍章曾来大陆看望亲友，拜访过周立三后匆匆离去。周立三在南京金陵饭店送别万绍章时对他说，他会到台湾去看看他的。结果让万绍章空等了许多年。还有一个夙愿就是看小说。

南京医院。夫人坐在床前，俯下身子，贴着周立三的耳朵边问，还有什么想说的？周立三轻轻地对她说，他想吃家乡的饺子和汤圆。这让在场的人流泪了。

自古以来，谋者治国。为国家未来发展出谋划策，是院士义不容辞的责任。中国气象局原局长、中国科学院院士秦大河说："一个院士如果不站在国家的肩膀上考虑问题，是对不起国家的。"周立三始终站在国家的高度开展科学研究。八旬老人，受命组建中科院国情分析研究小组。后随着一系列国情报告的出炉，引起党和政府的高度关注。周立三和他的团队用"掠夺资源的经营方式"来直陈中国经济发展中存在的问题，建议实行低度消耗资源的生产方式和适度消费的生活方式，得到了国家的高度重视。1995年，江泽民同志在党的十四届五中全会闭幕式上强调："在现代化建设中，必须把实现可持续发展作为一个重大战略。"2002年，可持续发展被置于突出地位，写进了党的十六大报告。

陶渊明在《挽歌》中写道："死去何所道，托体同山阿。"家人遵照周立三生前的遗愿，把他的骨灰撒在长江燕子矶段。周立三一生致力于中国地理学研究，他深知大地对于祖国的珍贵，特别珍爱国家的土地资源、生态资源。

大地之子、中国科学院院士周立三与他深爱的山河，随着滚滚长江之水，在天地间化为永恒。

1978年前后，在方毅同志的支持下，《哥德巴赫猜想》《小木屋》《胡杨泪》等一批反映科学家和科技创新的报告文学作品相继问世，引起了强烈的社会反响。这些被人们认为反映了"科学的春天"到来的激越文字，已经或依然在影响着很多人的人生选择。

2013年5月，中国科学院启动了新一轮机关管理体制改革，成立了科学传播局。在传播局的战略规划中，明确提出创作一批反映科技创新、歌颂科技工作者的高质量文化产品，争取可以传世。在中国作家协会副主席白庚胜同志、中国科学院文联主席（现任名誉主席）郭日方同志、中国科学院科学传播局局长周德进同志的倡议下，这一想法明确为创作出版一套反映新中国科技成就的报告文学作品。由此，中国科学院、中国作家协会、中国科学技术协会三方达成联合创作一套大型报告文学作品的高度合作共识。2015年1月，中国科学院、中国作家协会、中国科学技术协会主要领导联合会签工作方案，正式将其定名为"'创新报国70年'大型报告文学丛书"。

知易行难。经选题遴选、作家推荐、研究所对接，到2015年11月13日，"创新报国70年"大型报告文学丛书项目举行第一批选题签约仪式，6项选题正式开始创作。其后，项目进入稳步有序的推进阶段，先后组织了4批选题的编创工作。

这是一个跨部门、大联合、大协作的项目，从工作设想到一字一句落墨定稿，数百人为之操劳奔走，为之辛苦不眠，为之拈断髭须。在选题、作家遴选阶段，中国科学院12个分院近60家院属单位提交了选题方向建议，多家研究所主动联系项目办公室，希望承担选题创作支撑任务；白春礼、侯建国、钱小芊、白庚胜、谭铁牛、王春法、袁亚湘、杨国桢、万立骏、陈润生、周忠和、林惠民、顾逸东、王扬宗、彭学明等20余位院士、专家直接参与统筹指导、选题遴选工作，为从根源上保障丛书水准出谋划策；中国作家协会、中国科学技术协会给予项目高度支持，细心考虑多方因素，源源不断地推荐最合适的优秀作家，提供强有力的支撑。

在调研创作阶段，30余位作家舟车劳顿，不辞辛劳深入科研一线调研采访，深挖一人一事。以"青藏高原科学考察项目""东亚飞蝗灾害综合治理""顺丁橡胶工业生产新技术""灾后心理援助十周年纪实""从人工全合成牛胰岛素研究到人工全合成核糖核酸研究""从'黄淮海战役'到'渤海粮仓'""包头、攀枝花、金川综合开发项目""中国植物分类学发展与植物志书编纂""中国科大'少年班'""李佩先生相关事迹"为代表的选题，因涉及年代较为久远，跨越了一代甚至几代人的时光，部分重大工程参与单位遍布全国，部分中国科学院外单位甚至已经取消或重组，探访困难。纪红建、陈应松、薛媛媛、秦岭、铁流、李鸣生、杨献平、彭程、李燕燕、冯秋子等作家，在选题依托单位的支持下，以科研成果为中心，不囿于门户，尽最大可能遍访相关单位和亲历者，尊重历史、尊重科学的初心始终如一。以"从'望洋兴叹'到'走向深海大洋'""从无缆水下机器人研究到'蛟龙'号载人深潜器""猕猴桃属植物资源保护、种质创新及新品种产业化""我国两栖动物资源'国情报告'""中国泥石流研究""文章写在大地上——植物学家蔡希陶""中国北方沙漠化过程及其防治""冻土与沙漠地区工程建设支持西部发展""唤醒盐湖'沉睡'锂资源""澄江生物群和寒武纪大爆发"为代表的选题，采访、调研的客观条件较为恶劣。许晨、徐剑、李青松、裘山山、葛水平、李朝全、毛眉、李春雷、马步升、董立勃等作家，出远海、访林间、探深山、翻石冈、巡雨林、穿沙漠、过盐湖，亲历一线采风，与科研人员同吃同住同工作，以自己的亲身见闻，撰写出最生动的文章。而以"北京正负电子对撞机及二期改造工程""核聚变领跑记：中国的'人造太阳'""从黄土到季风""载人航天工程空间科学与应用""大气灰霾的追因与控制""高福院士和他的病毒免疫学团队""强激光技术""'中国天眼'及南仁东先生事迹"为代表的选题，涉及大量晦涩难懂的基础科学研究及其前沿进展。叶梅、武歆、冯捷、周建新、哲夫、张子影、蒋巍、王宏甲等作家克服极大困难，"跨界"学习自己所不熟悉的科学知识，甚至成了相关领域的"半个专家"。与此同时，中国科学院下属30余家科研院所逾百位分管领导和工作人员任劳任怨、尽职尽责，为作家创作提供支撑保障。如西北生态环境资源研究院办公室副主任岳晓，曾十余次陪同作家前往一线采访，包括环境艰苦恶劣的青海格尔木站和北麓河站（海拔4800米）、宁夏中卫沙坡头站、新疆天山冰川站和阿勒泰站等。

在审读定稿阶段，科学界、文学界近150位专家参与审读工作，为高质量作品的诞生提供有力保障。"冯康先生及其家族对中国科学技术的贡献"选题作家宁肯在书稿初稿创作完成后，秉着精益求精的态度，充分尊重各方建议，先后进行了三次重大调整，所付出的精力与调研创作时不相上下。"周立三先生对我国国情研究的贡献"选题作家杜怀超对作品反复打磨，根据审读意见不断修改完善，对笔误也一一审校订正，力争做到尽善尽美。

"创新报国70年"大型报告文学丛书的创作出版工作，已历时五年。这五年中，科学与文学相互激荡、科学家与文学家激情碰撞。这些"碰撞"，也成为开展工作的难点所在。例如，书稿标题的拟定，是应当更平实，还是更富文学性？一项科研工作，是应当尽可能全面展示，还是选取最具可读性的片段施以浓墨重彩？一个或多个工作团队中，应当展现什么人物？又该重点展示这些人物的哪些方面？凡此种种，在成稿之前，作家和科研人员都展开了无数轮"激烈"讨论，经过多方考虑才达成一致。这些或大或小的"碰撞"，在编写过程中，是大家的焦虑所在；在最终呈现给大家的这套书中，也许将是最精华之所在。处理或有不周，但作为一种"跨界"的磨合，相信读者会读出不一样的精彩。

"创新报国70年"大型报告文学丛书项目办公室设在中国科学院科学传播局，联合中国作家协会创联部、中国科学技术协会调宣部共同开展统筹协调工作。项目执行单位先后设在中国科学院计算机网络信息中心、中国科学院文献情报中心。前前后后，数十人为之操劳奔忙，他们是中国科学院的杨琳、胡卉、储姗姗、李爽、陈雪、崔珞、王峥、孙凌筱、张颖敏、岳洋，中国作家协会的高伟、范党辉、孟英杰，中国科学技术协会的孟令耘等。这个团队持续跟踪选题创作和审读进展，及时发现问题、解决问题，付出了大量的时间和精力，保障了丛书的顺利出版。

感谢中国作家协会、中国科学技术协会、中国科学院以及浙江教育出版社的精诚合作，感谢各位专家、作家和工作人员对此项工作的辛勤付出，相信"创新报国70年"大型报告文学丛书的出版能够有力地传承科学文化，推进科技与人文融合发展，弘扬社会主义核心价值观和新时代科学家精神，为实现中华民族伟大复兴的中国梦发挥出独特作用。

"创新报国70年"大型报告文学丛书项目组

2019年6月

图书在版编目（ＣＩＰ）数据

大地无疆 / 杜怀超著. -- 杭州 ： 浙江教育出版社，
2019.9（2022.10重印 ）
（"创新报国70年"大型报告文学丛书）
ISBN 978-7-5536-9360-6

Ⅰ．①大… Ⅱ．①杜… Ⅲ．①报告文学－中国－当代
Ⅳ．①I25

中国版本图书馆CIP数据核字(2019)第162153号

"创新报国70年"大型报告文学丛书

大地无疆
DADI WUJIANG

杜怀超　著

策　　划：周　俊
责任编辑：余理阳　董安涛
责任校对：余晓克
责任印务：沈久凌
出版发行：浙江教育出版社（杭州市天目山路40号　邮编：310013）
图文制作：杭州林智广告有限公司
印刷装订：浙江海虹彩色印务有限公司
开　　本：635 mm×965 mm　1/16
印　　张：12.25
字　　数：138 000
版　　次：2019 年 9 月第 1 版
印　　次：2022 年 10 月第 3 次印刷
标准书号：ISBN 978-7-5536-9360-6
定　　价：58.00 元
联系电话：0571-85170300-80928
网　　址：www.zjeph.com